科学探偵 謎野真実 シリーズ

科学探偵 vs.

もくじ

登場人物 6

プロローグ 8

1 恋をかなえるヤギ事件 18

2 悪魔と契約した錬金術師 76

この本の楽しみ方

この本のお話は、事件編と解決編に分かれています。登場人物と一緒にナゾ解きをして、事件の真相を見つけてください。ヒントはすべて、文章と絵の中にあります。

3 賢者の石と20人の生贄
130

4 大パニック！見えない巨大嵐
184

エピローグ
その後の科学探偵
242　248

登場人物

謎野真実

エリート探偵育成学校・ホームズ学園出身で、天才的な頭脳と幅広い科学知識を持つ。「科学で解けないナゾはない」が信条。罠にはまった人たちを救うため、カオスと対決する。

宮下健太

成績もスポーツも中ぐらいの"ミスター平均点"。超ビビリだが、不思議なことが大好き。花森小学校6年生。困っている人たちを助けようとして、事件に巻き込まれる。

青井美希

花森小学校6年生の新聞部部長で、ジャーナリスト志望。学校新聞で「実録犯罪」の特集を組み、カオスのことを知る。

黒魔術師・カオス
本名・黒月香王巣。10年ほど前に事件を起こし刑務所に入っていたが、脱獄。再び人々を恐怖におとしいれる。

冴羽ヒカリ
高校2年生。チアリーディング部のトップポジションをまかされている。最近、身の回りで奇妙なことばかりが起きている。

鬼竜カズマ
高校3年生。アメリカンフットボール部に所属。事故にあいそうになったヒカリを助ける。

杉田ハジメ
真実や健太のクラスメート。あだ名は「マジメスギ」。

浜田先生
6年生の学年主任。あだ名は「ハマセン」。

長谷部智也
浜田先生の友人で、売れない俳優。夢をあきらめる瀬戸際で、ネットで募集していた「夢をかなえられる10人」に選ばれる。

三田千秋
美希のクラスメート。お母さんが入院中。ある日、「病気を治す方法がある」と電話がかかってくる。

大前先生
真実や健太のクラスの担任。理科クラブの顧問。

「そっちへ逃げたぞ!」

ある夜。刑務所の刑務官たちがあわただしく走っていた。

ひとりの受刑者が刑務所から脱走したのだ。

「まだ敷地内にいるはずだ」

「外へ逃がすな!」

刑務官たちはあせる。逃げた受刑者の男は要注意人物だったのだ。

「あの男が外に出たら、とんでもないことになってしまうぞ!」

「いたぞ!」

施設の棟と棟のあいだにある細い路地の奥に、人影が見えた。

「あそこは袋小路だ!」

刑務官たちは路地へと駆け込み、人影の前に立つ。

「もう逃げられないぞ!」

刑務官たちは、男を捕らえようとした。

すると、声がした。

「残念(ざんねん)だが、わたしを捕(つか)まえることはできないよ」

瞬間(しゅんかん)、人影(ひとかげ)が揺(ゆ)れ動いた。

バサバサバサッ

人影(ひとかげ)がバラバラになり、小(ちい)さなかたまりが刑務官(けいむかん)たちのほうへと飛(と)んでくる。
それは、無数(むすう)の蛾(が)だ。

「うわああ！」

不死身の黒魔術師 - プロローグ

刑務官たちは必死に蛾を追い払う。無数の蛾は、そんな刑務官たちをよけながら、夜空へと飛んでいった。

「なんだったんだ??」

刑務官たちは、男の立っていたほうを見た。

だが、そこにもう姿はない。

戸惑う刑務官たちに、男の声が聞こえた。

「わたしは今、蛾になって飛んでいったのだよ。これが『黒魔術』の力だ」

「黒魔術……」

刑務官たちは、月に向かって飛んでいく無数の蛾をぼうぜんとながめる。

「わたしは、不死身の黒魔術師・カオス。破壊と混乱。このわたしが世界をもっと楽しくカオスにしてあげよう。フハハハハ!」

闇夜に、男の笑い声がいつまでも響くのだった。

数日後。

謎野真実と宮下健太は、学校へと向かっていた。

「スマホがほしい？」

「うん、ネットの動画を見たり、調べものができたりするでしょ。美希ちゃんも持ってるし。あ、だけど、お母さんはスマホは中学生になってからって言うんだ」

「そうなんだね」

「小学生でも持ってる子、いっぱいいるのにね。実くんはスマホ持ってないよね？」

「今はとくに必要だとは思っていないからね」

「そうなんだ。スマホがあれば真実くんと毎日おしゃべりができるのになぁ」

「毎日こうやって話しているじゃないか」

「え、あ、そっか」

そのとき、青井美希がふたりのもとへ駆け寄ってきた。

不死身の黒魔術師・プロローグ

「真実くん、健太くん、ビッグニュース！」
「美希ちゃん、どうしたの？」
「お父さんから聞いたんだけど、あのカオスが脱獄したらしいの！」

美希の父親は新聞記者で、美希はいつもいろいろな話を聞いていた。

「カオスというのは、黒魔術師・カオスのことかい?」

「誰それ? 真実くん」

「図書館にあった古い新聞で読んだことがある。10年ほど前に世間を騒がせた犯罪者だよ。黒魔術を使えると言ってさまざまな事件を起こしたらしい」

「黒魔術? それって悪魔と契約する闇の魔術だよね?」

健太がそう言うと、美希が口をはさんだ。

「今回も刑務所から逃げるとき、蛾になって飛んでいったらしいわ」

「蛾に? 黒魔術を使ったってこと??」

美希は、そのときの状況をくわしく話した。

すると、真実が「なるほど」とつぶやいた。

「人の形になっていた無数の蛾が、飛んでいったってことだね」

「ええ、いっせいに飛んでいったんだって」

「それはおそらく、紫外線を使って蛾を集めたんだろう」

「紫外線?」

「紫外線は人には見えない光だよ。蛾などの虫はそんな紫外線に集まる習性があると言われているんだ。カオスはチューブなどで人形を作り、その中に紫外線を出す装置を入れた。そして、蛾を放ち、紫外線によって集まった蛾に人形を作らせ、それを刑務官たちに見せたんだ」

「なるほど。けど、どうやって蛾をいっせいに飛ばせたの?」

「紫外線を出す装置をオフにすれば、蛾たちはその場からいっせいに離れると思うよ」

結果、まるで人間が蛾になり、飛んで

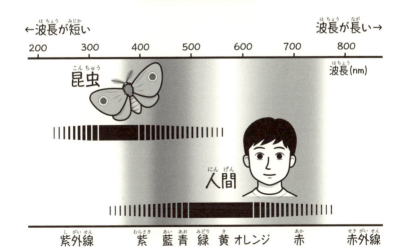

見える光の範囲

←波長が短い　　　　　　波長が長い→

紫外線　　紫　藍　青　緑　黄　オレンジ　　赤　　赤外線

いったように見えたのだ。
「そっか、トリックだったってわけかぁ」
「魔術なんて存在しない。科学で説明できるはずだ」
真実の言葉に、健太はうなずく。
「だけど、紫外線を出す装置とかチューブとか、そんなもの誰が用意したのかなぁ？」
美希はふと疑問に思い、つぶやく。カオスは刑務所に入っていたのだ。
「さあ、それはわからないけど、カオスがこのままおとなしくしているとは思えないね」
かつて騒動を起こした犯罪者が、世に放たれた。
健太はそれを知り、ゾッとするのだった。

不死身の黒魔術師 - プロローグ

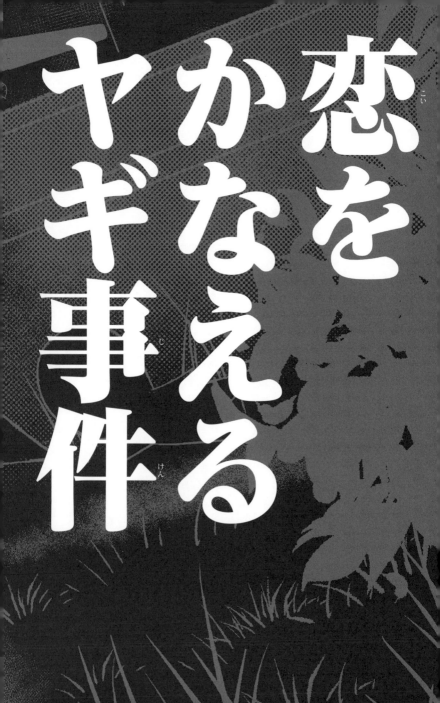

不死身の黒魔術師 1

放課後、健太、美希、真実の3人は町の図書館に向かっていた。美希は学校新聞の記事を書くための調べものがあり、真実は洋書コーナーの海外ミステリーが目当て。そんなふたりに健太もついていくのだ。

「美希ちゃん、今度始まる学校新聞の新コーナーってなんなの？」

「健太くん、まだ誰にも内緒だよ……ズバリ、実録犯罪‼」

「ジツロク犯罪？ なんか怖そうだね……」

「実際に起こった犯罪の中でも、まだ謎を完全に解明できていない事件を扱おうと思うんだ。探究心がくすぐられる新企画でしょ⁉」

「新コーナー、とても興味深いね」

学校新聞にはめったなことで関心を寄せない真実が口を開いた。

「やった、真実くんも興味持つなんて、大ヒット企画間違いなし！ 単行本の出版先、探しておいたほうがいいよね。いや、ネットで公開して、先に話題を作ったほうがいいかな……」

「……おや、あの人、少しようすが変だよ」

前方に目を留めて、真実が言った。

10メートルほど先に、制服姿の女子高校生が歩いている。足元がおぼつかず、フラフラと車道側に吸い寄せられるように歩いていく。

ブォロロローンッ

けたたましいエンジン音が健太たちの背後から聞こえる。

大型トラックが猛スピードで健太たちを追い抜き、女子高校生の真横を通り過ぎようとしたとき、彼女の体がゆらりと車道に向かって傾く。

「あぶないっ!!!」

健太と美希がとっさに声をあげた。

ダッ、ダダダッ

足音が響き、健太たちの背後から人影が追い抜いた。健太たちのうしろを歩いていた男子高校生だ。彼はダッシュして女子高校生に駆け寄ると、腕でガシッとその体を抱き寄せて歩

道側に引き戻す。

トラックが猛スピードで通り過ぎ、女子高校生は肩を抱かれたまま力が抜け、崩れるようにその場に座り込んだ。

「大丈夫ですかっ!?」

健太たちは、あわてて駆け寄った。

「ヒカリさん、しっかりするんだ!」

男子高校生の必死の呼びかけに、女子高校生はうつろな表情で、わずかに目を開く。

「……え、鬼竜先輩? わたし、どうしたんだろう……」

「体調が悪いなら、とりあえず近くに総合病院があるんで行きましょう!」

美希が機転をきかせて、近くの病院へと女子高校生を案内することにした。

「ぼくたちも荷物を持ちます! 早く向かいましょう」

健太もそう言い、真実とついていくことにした。

病室のベッドで点滴を受けて眠っていた冴羽ヒカリが目を覚ました。
病室の隅には、倒れたときに持っていた大きなピンク色のドラムバッグ。ヒカリはチアリーディング部に所属する高校2年生で、バッグには衣装や用具がたくさん入っていた。
「……ありがとう、きみたちが病院に案内してくれたんだってね、助かったよ」
ヒカリはそう言って、つきそっている健太たちに力なくほほえんだ。
最近、夜も眠れない日が続き、疲労がたまっていたのだという。
「まわりで変なことや悪いことばっかり起きて……。わたし、呪われているのかも」

「……え、**呪われている!?**」

不穏な言葉に、健太は思わず声をあげた。
「身の回りのものが次々なくなったり、真夜中に、誰の着信もないのに勝手にスマホの電源が入って光ったり……。そんなことが何度も起きてね」

学校の課外授業で行ったキャンプでも、ヒカリだけ、全身を虫に刺されてものすごく腫れあがり、翌日のだいじな撮影に参加できなかった。チアリーディング部のトップをつとめるヒカリは、チアの専門誌の表紙に抜擢されていたのだ。

「本当に最近ツイてなくて……きっと誰かの呪いだと思う」

「ヒカリさん、誰かに恨まれたりしなさそうなのに」

美希は率直に言った。

「チアはすごい競争社会だから、2年生でトップのポジションをまかせられてることをよく思われてないんだ。誰かの足をひっぱるために呪いをかける人もいるって聞いたこともある」

そのとき。

「よかった！ 目覚めたんだね」

病室に戻ってきたのは、ヒカリを助けた高校3年生の鬼竜カズマだ。アメリカンフットボール部で体格がいい。

カズマは首に巻いていた黒いマフラーを外しながら、ヒカリに話しかける。

「さっきは驚いたよ。倒れそうな女の子がいると思って駆け寄ったら、ヒカリさんだったから」

ヒカリが所属するチアリーディング部はアメフト部の応援もするので、カズマとも顔見知りだった。

「ヒカリさん、疲れてたんだよ。2年生なのにチアのトップをまかされて、たいへんだよね」

「……はい、ずっと気を張っていて疲れていたのかもしれません。タフなだけが取りえだったんですけど」

「そうかな？　強そうに見えるけど、実は繊細で、やさしい人なんじゃないかな。いつも遅くまで残って、できない1年生の練習を見てあげてるよね」

「……自分ではわからないけど、小さいころは目立ったり、競争が苦手なタイプだったんで、もともとそういうとこがあるかもしれません。……不思議です。鬼竜先輩にはなんでもわかってしまうんですね」

ヒカリは照れくさそうに、右手で左腕をさすりながら話した。

「ほら、おいしいものでも食べて元気出して」

カズマは買ってきたばかりのスイーツの差し入れを渡す。

箱を手にしたヒカリは、店名を見てハッとし、あわてて封を切る。

「先輩も、このお店のプリン知ってるんですか？　わたし、大好きなんです！」

カズマは右手で左腕をさすりながら答える。

「まわりからは意外と言われるけど、俺スイーツ好きでさ。あそこの店、シュークリームもウマいよね。濃厚な卵を使ってるから、カスタードクリームが最高だよね」

「わかります！　シュークリームもヤバいですよね！」

「あ、もっと話してたいけど、俺ちょっと用事あるから帰るわ。じゃあまた！」

カズマは、足早に病室を立ち去ってしまった。

ヒカリは名残惜しそうにカズマを見送った。

「……やさしくて、頼もしい人ですねぇ」

美希の言葉に、ヒカリもほほえんでうなずく。

健太たちは病室を出た。エレベーターがなかなか来ないので、階段を下りて帰ることにした。

「カズマさんがいるなら、ヒカリさんも安心だわ」

美希は、ヒカリとカズマがカップルになる将来を思い浮かべて、ニヤニヤしていた。

そのとき、健太は踊り場に誰かがいることに気がついた。

「……あれ、カズマさんじゃない?」

帰ったはずのカズマが、スマホを見ながらブツブツつぶやいていた。

「……次、俺はどうすればいいですか? 教えてください」

カズマはスマホに夢中で、こちらに気づいていない。カズマのスマホ画面がチラリと真実の目に入る。画面には、ヤギのキャラクターのアイコンがあった。

「あ、カズマさん、わたしたちも帰りますね」

美希が声をかけると、カズマはハッと振り返る。

「あ、あぁ、ありがとね」

30

カズマはあわてたようすで、そそくさと立ち去った。

カズマを見送る真実の微妙な表情に、健太は気づく。

「真実くん、どうかした?」

「いや、さっきのカズマさんのヒカリさんへの接し方が少し気になってね」

美希が首をかしげる。

「え? すっごくやさしくて、ヒカリさんとピッタリ気が合う感じだったよ」

「美希さん、確かにそうだったけど、ぼくには彼のさまざまな行動の裏に、心理学のテクニックがあるように見えたんだ」

「心理学??」

「ああ、健太くん。ぼくがそれに気づいたのはヒカリさんが自分の腕をさすりながら話す動作を、カズマさんがすぐにまねしていたときさ。しかもカズマさんは、ヒカリさんが好きな店のスイーツを買ってきていた。相手の動作や、好きなものをまねて、距離を縮めるのは『ミラーリング』という心理学のテクニックなんだ。カズマさんが見舞い途中に急に帰った

のも、『ツァイガルニク効果』を利用したのではないかと思ったんだ」

「……え、津軽のニンニク効果なの??」

健太の言葉に、美希はあきれて言う。

「健康食品のCMじゃないんだからさぁ……。健太くんはほっといて、さ、真実くん、説明を続けて」

真実はうなずいて、言葉を続けた。

「ツァイガルニク効果とは、完結したことよりも、途中で終わったことのほうに感情移入してしまう性質のことさ。それを利用して、あえて相手に『話し足りない』という感情を持たせて、また話したいと思わせたのかもしれない」

真実は、カズマのほめ方にも特徴があったという。

「『ジョハリの窓』といって、人の内面には四つの区分があるとする心理学の理論があるんだ。四つの区分の中でも、その人自身も知らなかった個性をほめてあげると、相手は喜びやすいと言われている。カズマさんのほめ方はそれだった」

「へぇ～、短い時間に、そんなにいろんなテクニックが詰まってたんだ!!」

「うん、健太くん。カズマさんのそれらのテクニックが無意識なのか、それとも……」

「偶然もあるんじゃないかなぁ。カズマさんの生まれつき持っている、モテ技術かもよ」

「確かに、美希さんが言うことも否定できないね」

真実はそう言って、黙り込んで考え始めた。

●

病院を出た健太たちは、あらためて図書館に向かう。

ジョハリの窓
人の特徴や性格には、次の四つの区分があるという考え方。
【開放の窓】自分も他人も知っている部分
【秘密の窓】自分は知っているが、他人は知らない部分
【盲点の窓】自分は知らないが、他人は知っている部分
【未知の窓】自分も他人も知らない部分

公園を横切ると、木に隠れながら公園内の通りをうかがう挙動不審な人影が見えた。
「こんなとこで何してんの、杉田くん」
「ひ、ひっやぁぁぁあ〜」
健太の声に、木陰にいたマジメスギこと杉田ハジメは悲鳴をあげて、ドシンと公園の植え込みにしりもちをついた。
「大丈夫かい!?」
健太はあわてて泥だらけになったマジメスギの手を引いて立たせた。その視線の先には、近くの塾へと急ぐひとりの少女の姿。
「こんなとこで何してたの？」
「……あ、や、なんでもありませんっ」
マジメスギはそう言って、また木に隠れようとする。
それに気づいた美希が、途端に顔をしかめる。
「わかった、ストーカーしてたんでしょ!?」
「ち、違いますって!! 塾に行く途中に、同じ塾のカナデさんを見つけてあわてて木に隠れ

「……なんで隠れなきゃいけないの??」

健太の言葉に、マジメスギは正直に語る。

「口のかたいキミたちになら話してもよいでしょう。じ、実はワタシ……新たな恋をしてしまったのです」

マジメスギは、ほおをポッと赤らめる。

「あれ、杉田くんって、レイアちゃんに片想い中じゃなかったっけ?」

「青井さん、そんなこともありましたね……。あれはもう過去の美しい思い出です。今ワタシは新しい恋に夢中なのです!」

マジメスギは、塾が一緒の隣町の美調カナデに恋をした。

ある日、駅に設置されたストリートピアノでカナデが華麗にピアノを弾くのを見かけて、塾ではあまり目立たない彼女の華麗な演奏に釘づけになった。

マジメスギが「ブラボーです!!」と拍手を送ると、カナデがハイタッチしてきた。

「手と手が合わさった瞬間、雷に打たれたようにワタシの体の中を電流がかけめぐりました」

マジメスギは、はぁ〜、と大きなため息をつく。
「彼女を思うと、毎日、ごはんものどを通りません」
「確か……レイアちゃんのときもハイタッチして恋に落ちていなかったっけ?」

健太が疑問を口にすると、美希もあきれ顔で肩をすくめてみせた。

「単純すぎでしょ……みんな、怖くてマジメスギくんと気軽にハイタッチできないよ。くれぐれも付きまとっちゃダメだよ。わたし、資料を借りに図書館行くから、じゃあね～」

「ぼくも海外ミステリーの原書を借りたいんだ。閉館時間が迫っているので失礼するよ」

そう言って美希と真実は図書館に向かった。

「……みんな薄情だなぁ。相談に乗ってあげたらいいのに」

健太だけは、まだカナデとマジメスギの話を聞いてあげることにした。

「それはかなりハードルが高そうだね」

「でも健太くん、ワタシには心強い味方がいるのです!!」

マジメスギはスマホを取り出す。

「今、話題になっているアプリを使おうと思っているのです！」

「へえ、どんなアプリ？」

「恋をおまじないでかなえてくれるらしいです。ゲーム感覚でやれて、無料だそうですよ」

健太はスマホを操るマジメスギを見ていて、うらやましくなる。

「いいなぁスマホ……。ぼくも欲しいのに買ってもらえないんだよなぁ」

マジメスギは、恋をかなえるというアプリ「恋魔界」をダウンロードして起動してみる。

健太も、一緒にスマホの画面をのぞく。

アプリ画面に2頭身のヤギのキャラ「バフォくん」が現れ、話しかけてくる。

「恋魔界へようこそ！

ボクが恋の道先案内人・バフォだよ」

マジメスギは自分の名前、生年月日、住所、電話番号などを入力した。

「恋をかなえるには、ボクの言うことをちゃんと実行してね。

これは契約だよ。同意するならサインをしてね」

マジメスギは、スマホの画面を指でなぞって自分の名前をサインした。

「次に、キミがかなえたい恋の相手のことを教えてよ」

マジメスギは、片想いの相手の名前や、学校、住んでいる場所など、知っている限りの情報を入力した。

「その恋をおまじないでかなえよう！
まず初めにこれを用意してね」

アプリには人形の紙が映し出される。

「なるべく薄い紙、ティッシュペーパーなんかがいいね。
それを人形に切って10個作ろう。
ひとつひとつに好きな人への想いを込めて名前を書くんだ」

「……ワタシ、すぐさま実践したいのですが、道具がないのでおうちに帰ります!」

マジメスギは話を聞いてくれた健太に礼を言い、そそくさと帰っていった。

健太は、半信半疑で首をひねる。

「……えぇ、あんなの、ほんとに効くのかなぁ」

●

数日後、学校の休み時間。健太は、教室で美希と真実と話していた。

「そういえば杉田くんの恋、どうなったんだろ……。ふたりも相談に乗ってあげたらよかったのに」

「ほっときゃいいよ。どうせ恋に恋してるだけでしょ? 恋のおまじないのアプリにすがろうとしてたらしいけど、おまじないで遊んでるくらいでちょうどいいって」

「……もう、美希ちゃんは、ほんとドライだなぁ」

そのとき、マジメスギが教室に入ってきて、健太を見つけて話し始めた。

「健太くん!! あのアプリ、すごいですよ。アプリの言うとおりにおまじないをして、お告げどおりに行動したら、なんとあの子と街で偶然会ったんです。しかも、向こうから話しかけてきてお話できましたよ!」

「……え、あの、あやしいアプリ、本当に効果あったの!?」

「さっき健太くんが話してた、あやしいおまじないアプリ!?」

美希はぜんぜん信じていない。

「ふたりとも失礼です。あのアプリはあやしくなんてありません!」

マジメスギは自分が信じているアプリをけなされて、怒って去っていった。

真実は去っていくマジメスギを黙って見つめていた。

●

数日後、マジメスギから、また健太たちに報告があった。

「なんとワタシ、カナデさんと友達数人で映画を見にいくことになりました!」

「……こないだまで、まともに話したこともなかったのに、とんとん拍子で仲良くなってる。やっぱりあのアプリ、効果あるんだね！」

健太は感心している。

アプリを信用していなかった美希も、さすがに驚いている。

「まさか、グループデートするまでに進展しているなんて……すごすぎる」

ひとり冷静に話を聞いていた真実は、マジメスギに告げる。

「杉田くん、そのアプリのおまじないというものをちょっと見せてもらえないかな」

放課後、真実たちは、公園でマジメスギに恋をかなえるおまじないを見せてもらうことになった。

マジメスギは、木の枝で地面にザザッと円を描いて、その真ん中に座った。

ティッシュペーパーを切って作った10枚くらいの人形の紙を、自分のまわりに並べて目をつぶる。

マジメスギはおもむろに両手をあげ、呪文をとなえはじめた。

「エロイムエッサイム、エロイムエッサイム。美調カナデさんともっと仲良くなりたいです。お告げをください」

呪文を聞いた真実はハッとして、表情が変わる。

ピロリロリリーンと、アプリに通知があった。

「杉田くん、スマホの画面を見せてくれるかい」

真実は、マジメスギにスマホを見せてもらう。画面にはヤギのキャラクターのアイコン。

「恋のお告げと、おまじないを伝えるね。

今、彼女はピアノが思うように弾けなくて落ち込んでいるよ。

16時に公園に来るから、励ましてあげよう。楽譜どおりの演奏じゃなくて、枠をはみ出すくらい情熱的な演奏こそがきみのピアノの持ち味だとほめてあげると、きっと彼女は喜ぶよ。

恋をかなえるラッキーアイテムは、商店街のマルマス屋の苺大福だよ。

手土産に渡すと、きみの好感度が爆上がりするよ！」

健太も、細かく具体的なアドバイスくれるんだ」

「こんな具体的なアドバイスくれるんだ」

真実は画面をじっくり見ていたが、顔をあげてマジメスギを見た。

「……ただちに、このアプリをやめたほうがいい。非常に危険だ」

真実の言葉にマジメスギは戸惑うが、いつになく真剣な真実のまなざしに言い返せない。

真実は健太と美希にたずねる。

「このアプリ、はやっているのかい？」

「ぼくはスマホを持ってないけど……どうなんだろ？」

健太たちが公園を見渡す。ベンチや噴水に腰かけている数人の若者たちのスマホをのぞいてみると、ほとんどの若者がそのアプリに夢中になっていた。

「……美希さん、アプリのダウンロードサイトをすぐに調べてくれないか」

美希はタブレットでアプリのダウンロードサイトを開く。

「すごい口コミ件数!! リリースされて間もないのにグングン利用者を伸ばしてる。えっと、アプリ制作者の名前はクロヅキとあるね……。どっかで聞いたことあるような」

●

夜、帰宅したマジメスギは部屋にひとりでいた。窓の外は暗い。不安な表情で、部屋の中を歩きまわっている。
「アプリが危険というけど、あれがなきゃ、ワタシはカナデさんとまともに話す勇気もありません……」
「杉田くん、どうしたの?」
机に置いていたスマホからいきなり声がした。
マジメスギはびっくりして、恐るおそる画面をのぞき込む。バフォがニコニコして語りかけてくる。
「……え、アプリを起動していないのに」

「なぜ、おまじないを実行しないの？のんびりしてたらライバルに負けちゃうよ」

チーンと音が鳴り、マジメスギのスマホに画像が届く。

カナデとさわやかな少年が、仲良さそうに語り合っている写真だ。さわやかでみんなにやさしい同じ塾の少年だ。

カナデの隣に写っている少年を、マジメスギは知っていた。

写真を見たマジメスギは胸がドキドキして、息をするのも苦しくなる。

「彼女の気持ちは彼のほうに行きかけているみたいだよ」

「……そんな、せっかくカナデさんと、仲良くなってきたのに」

「ピュアな杉田くんの恋をじゃまするなんて、ひどいよね。早めに対策しよう。さあ、人形の紙に彼への呪いを込めよう。どんな目にあわせたい？」

「……ど、どんな目にあわせたいって？？」

嫉妬にかられていたマジメスギだが、ふと疑問に思う。

「事故、火事、病気、どんなのが望みかな？ 杉田くんの気が晴れるよう、お気に召すままだよ」

「そんな……ワタシはそこまでは……」

「カナデさんのこと、ほんとに好きなの？ くやしくないの？ さあ、じゃま者は消すんだよ」

「……そ、そんな」

「きみさ、契約したよね？ ボクの言うことをちゃんと実行するって」

急におどすように、バフォの声色が低くなった。

マジメスギは怖くなり、あわててアプリのデータを削除した。

そして、おまじないに使う人形の紙を窓の外の庭に投げ捨て、ベッドの中に潜り込んだ。

しばらくすると、ピロリロリリーンと、スマホにアプリの通知。

「……そんな、さっき、削除したはずなのに」

ふとんの中でマジメスギは震えている。机の上でスマホ画面が点灯し、バフォが一方的に話しはじめる。

「一度契約したら、ボクからは逃げられないよ。

きれいごとはやめるんだ。

恋をかなえるために、じゃま者を消して彼女を独占するんだよ。

もっと人間らしいドロドロした気持ちを出しちゃいなよ」

マジメスギはかぶっていたふとんから飛び出て、叫ぶ。

「イヤだ、ワタシはそんなことはしない!! もうヤギの言いなりになんかならない」

「……わかってないね。

きみが契約したのはヤギじゃないんだよ。

これを見るんだ」

コン、コンッ

突然、窓をノックする音。

マジメスギはギョッとして、窓を見る。

部屋は一戸建ての1階。カーテンは開いていて外が見えるが、暗くて見通せない。

マジメスギは、おそるおそる窓を開け、暗い庭先を見渡す。

庭には木が生えている。地面に捨てた人形の紙がいくつも落ちている。

誰もいない、とホッとしてマジメスギが振り返ろうとした、そのときだった。

人形の紙が、ゆっくりといっせいに起きあがる。

「ヒッ、ヒッー！ 勝手に立ったっ!!」

マジメスギは驚いてしりもちをつく。

人形の紙は、風もないのに、まるで生きているかのように、ゆらゆらと体を揺らして不気味に踊りだす。

「これが黒魔術のパワーだ。おまえが契約したのは、悪魔なんだよ!!」

「うぎゃあああああぁ！」

マジメスギの叫び声が、響き渡った。

翌日、真実、美希、健太の3人はマジメスギの家の庭にいた。マジメスギからのSOSで現場検証にきたのだ。

マジメスギは、まだ怖がっていて庭の隅に立っていた。

健太もこわごわと庭を見回している。

「……アプリのおまじないも効果があったし、紙の人形が踊りだしたのも、本物の黒魔術なのかな？」

真実たちは庭を調べることにした。

健太が地面に何かを見つけて駆け寄る。

「おまじないに使ってた人形の紙だ。これが踊りだしたのか……。実際、触ってみると、風で飛びそうなほど薄い紙だね」

「うん。薄く、軽くなければならない理由があるかもしれないね」

真実が人形の紙を手に取ってよく見ると、足の部分にテープが貼ってある。

「ねえ、これはなんだろ?」

黒いパイプを発見した美希が声をあげた。

「水道管やガス管などにも使われる塩化ビニールのパイプだね。黒色で塗装してあるね」

真実は、裏門近くの木に、帯状の黒いものが引っかかっているのを見つけた。

「ウールのマフラーだね」

「……なんで、こんなところにマフラーが??」

健太は不思議そうにつぶやいた。マジメスギの家のものではなかった。

美希は、木の枝をつまんで、ポツリと言う。

「誰かがあわてて、この木のあいだを通るときに、引っかけて落としていったんじゃない?」

真実は眼鏡に手をやり、クイッと押しあげた。

「科学で解けないナゾはない。謎は解けたよ。黒魔術なんかじゃない。パイプが黒色なのは夜に見えにくいようにするためだ。何者かが侵入してトリックを実行していたんだ。パイプ

53

とマフラーを使えば、ある現象を利用して人形が踊りだすようにできる」

「ある現象を利用したトリック??」

健太は、真実の言葉に驚いた。

塩化ビニールとウール（毛）。
このふたつの材質のものを
こすりあわせると……。

「ある現象とは、これさ」

真実は塩化ビニールのパイプをマフラーでこすり、パイプを健太の頭に近づけると、髪の毛がフワッと逆立った。

「そうか静電気か！　それでパイプを近づけると、薄くて軽い紙が立ちあがって、ひとりに人形が踊ったように見えたんだ！」

「うん、健太くん。誰かが、目立たないよう黒い服を着て庭に侵入して、人形の紙をテープで庭の石などに貼り付けて、パイプをマフラーでこすり、静電気を発生させてあやつっていたんだろうね」

「ワタシはこんなことで驚いていたのですね。お恥ずかしい……」

マジメスギがガックリ肩を落とした。

健太は不思議そうな顔をする。

「でも、なんでアプリの制作者はマジメスギくんにこんな手の込んだことをやったのかな？」

「アプリのことを知るためにも、ある人のところへ急ごう」

不死身の黒魔術師 1 - 恋をかなえるヤギ事件

人形の紙が踊るトリック

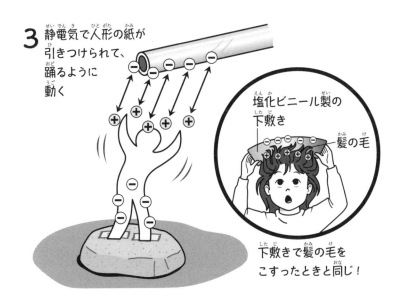

真実は厳しい顔で健太たちに告げた。

「落ち着け、落ち着くんだ俺……。今日もバフォ様の言うとおり、ヒカリさんに接すればうまくいく」

カズマが緊張した表情で、自分に言い聞かせるようにブツブツつぶやきながら、住宅街の道を歩いている。

「カズマさん、お話があります」

真実が声をかけると、カズマはビクッとして、うしろを振り向く。

「……あぁ、病院に案内してくれたきみたちか。悪いけど、今からヒカリさんと約束があるから時間がないんだ」

健太と美希は、だいじな約束をじゃましていいのかドキドキしていた。

「カズマさん、スマホに恋をかなえるアプリが入っていますね」

「……いや。そんなの知らないけど」
　カズマは、あからさまに表情をひきつらせ、スマホをポケットに入れた。
「正直に話してください。あなたがしていることは非常に危険な行為ですよ」
　真実は、しっかりとカズマの目を見すえて語りかける。
「ヒカリさんは身の回りで持ち物がなくなったり、キャンプで自分だけ虫に刺されたりして精神的に落ち込み、呪われているかもしれないと語るほどに弱っていた。カズマさんは、そんなヒカリさんにやさしく近づくようにと、アプリに指示されましたね？」
　動揺したカズマの唇が、わずかに震える。
「初めて病院でお会いしたとき、カズマさんのコミュニケーションには、心理学のテクニックが透けて見えました。弱らせたヒカリさんにどのように効果的な言葉をかけ、心の中へ分け入っていくかも、ぜんぶ指示があったのでしょう」
　真実の鋭い視線に耐えきれず、カズマは目をそらす。
「相手の心身を弱らせ、やさしい言葉で心をあやつるのは、卑劣な洗脳、マインドコント

「ロールの手口です」

ものものしい言葉に、健太と美希もドキリとする。

真実は、おもむろにマジメスギの家で拾ったマフラーを突き出した。

「鬼竜カズマさん、このマフラーに見覚えはないですか?」

マフラーにはアメフト部のロゴと、「K・K」のイニシャルが刺繍されてあった。

「これって、マジメスギくんの家の庭に落ちていたマフラーだ……。もしかして、カズマさんが? 杉田くんの家に侵入し、紙人形を動かした?」

美希が驚きの声をあげた。

真実は、カズマに告げる。

「カズマさん、ぼくたちに本当のことを話してくれませんか?」

身を固くしてこぶしをギュッと握っていたカズマは、ため息をつき、力が抜けたようになだれる。

「ぜんぶきみが言ったとおりだよ……。俺が紙人形を動かした。あの家は、きみたちの知り

合いの家だったんだな。何軒か、名前も知らない人の家に侵入して、パイプとマフラーを使っておまじないをした。住所を教えられて、その家の庭に黒い服で侵入して、人を驚かせば、願いがかなうと言われた。人が恐怖するエネルギーは願いをかなえるための原動力になるってね」

 健太は、決まり悪そうにうつむくカズマの顔を見つめた。

「……マジメスギくんの家のこと、まさかカズマさんがやっていたなんて」

「健太くん、こういうことを行っていたのはカズマさんだけじゃない、アプリ利用者全員さ。アプリの指示で、おまじないと称して、さまざまな工作をさせていた。自分が恋する相手ではなく、名前も知らない人のところだったから罪悪感は起きない。そうやってターゲットのまわりに異変を起こして不安にさせて心の中に分け入り、それぞれの恋を成立させ、アプリの信頼を積み上げていたのさ」

「……ヒカリさんの身の回りのものがなくなったりしたのも？」

「そうだよ、美希さん。キャンプで虫に刺されたのも、虫よけスプレーを、虫を寄せ付ける成分を入れたスプレーに入れ替えられたんだろうね」

「……教室に忍び込んで、ヒカリさんの持ち物を隠したこともあった。バフォ様におまじないのために必要だと言われてね」

カズマは顔をしかめて、つぶやいた。

健太は、ハッとして言う。

「そうすると、杉田くんが急に好きな人と近づけたのも、何か理由があったってこと？　まともに話したことないのに、向こうから急に親しく話しかけられたと言ってたけど」

マジメスギからくわしく話を聞いていた真実は、健太の疑問に答える。

あの日マジメスギには、赤いTシャツを着てデパートの3階に行けという指示があった。3階にあるCDショップでは、とあるアイドルのミニライブが行われていた。大ファンのカナデが見にいくことをアプリの管理者は把握していた。彼女の推しメンのイメージカラーが赤。彼女は塾で顔見知りのマジメスギが赤いTシャツを着て、その場にいたので、同じアイドルが好きで推しメンまで同じと思い、うれしくなって、つい話しかけたのだ。

「あのアプリは占い機能も人気で、カナデさんも、ヒカリさんも使っていたんだろうね。ダウンロードするとすべての個人情報が抜き取られ、アプリにはスパイウェアが入っていて、

スパイウェア
知らないうちにスマホやパソコンなどに入り込んで、個人情報を盗んだり、勝手にパソコンの動作を不安定にさせたりする、不正なプログラム。

　る。アプリの管理者は利用者たちのメール内容や、趣味嗜好、個人情報、位置情報などを把握して、カズマさんや杉田くんにも恋愛アドバイスをしていたんだよ」

　それを聞いた美希がいきどおる。

「……個人情報を把握して恋愛のアドバイスなんて、ぜんぶインチキだし、めちゃくちゃ怖すぎるよ！　それにアプリを利用する人も最低っ！」

　美希は、キッとカズマを見た。

「相手を自分の思いどおりにコントロールするなんて、相手は人形やゲームじゃなく、生身の人間なのに、そんなのぜんぜん愛情じゃないです！　カズマさん、ちゃんとヒカリさんに

本当のことを伝えて、謝るべきです！」

カズマたちのことを理想のカップルだと思っていた美希は、がっかりして悲しくなった。

カズマは、目に涙を浮かべ、しっかりとうなずいた。

「ごめん、俺はバカだ。ヒカリさんには本当に悪いことをしたよ……。最初は恋をかなえたい一心でアプリを始めたんだ。ヒカリさんは人気者で、俺なんかが近づける存在じゃなかった。アプリの指示は意味不明のものばかりだったけど、実行するとヒカリさんと仲良くなれた……。ヒカリさんが弱っていくのを見て、もしかしてアプリのせいかと思ってやめたときもあった。でもアプリを消しても、またすぐにバフォが現れて、黒魔術で呪うぞとおどされたんだ」

「たとえアプリを削除しても、スパイウェアはスマホに残り続け、逃げることはできないようになっていますからね」

健太は、ふと疑問を口にする。

「でも、あのアプリは、なぜそこまで黒魔術にこだわるんだろう」

真実はうなずいて話を続ける。

「確かに、アプリのキャラクターのバフォは、バフォメットという有名な悪魔の名から取られていて、杉田くんがおまじないでとなえていたのも古い魔術書『グリモワール』に書かれている実際の黒魔術だ。アプリの管理者が異様に黒魔術にこだわっているのは確かだね。その黒魔術に、心理テクニック、スパイウェアなどの技術を利用して、人々をあやつっていたんだね」

「お見事！　きみの推理はぜんぶ聞かせてもらったよ」

そのとき、カズマのスマホから、突然男の声が聞こえてくる。

健太たちも、一緒にスマホをのぞき込む。

カズマのスマホに映像が映っている。たくさんの書物が並ぶ薄暗い部屋。椅子に腰掛ける人影。暗くて顔ははっきり見えない。

男が語りかけてくる。

「でも、いろいろじゃましてヒドいなぁ、きみたちは。カズマくんも、せっかくあこがれの人と付き合えるところだったのに。あの杉田のぼうやも、もっとどす黒い心が出てくれば、もう少しでライバルを呪い殺すところだったのにさ」

健太はとっさに叫ぶ。

「杉田くんはそんなことしないよ！ あなたがアプリを作ったんですよね。ひどいのはあなたですよ！ 真剣に恋する人をあやつったり、罪のないヒカリさんやみんなを巻き込んで傷つけたりして。もう、これ以上ひどいことはやめてください！」

「このアプリがインチキで悪質だってみんなに知らせなきゃ。そうだ、ハイテンション・アガルさんに動画で広めてもらおうよ！」

美希が声をあげた。

バフォメット
ヤギの頭と黒いつばさを持つ悪魔。11世紀ごろから書簡に現れるが、19世紀の魔術師エリファス・レヴィの書物に描かれた絵（上）で、この姿が定着した。

ハイテンション・アガル
少し落ち目の動画配信者。『科学探偵VS.妖魔の村』で初登場した。

「……アプリで人の心をあやつり、もっともっと人の醜さを暴きたかったのだが……。まあいいだろう。でも、こんなものじゃないよ。人間の強欲さはね。わたしの黒魔術が、これからもっともっと人間の醜さや、強欲さをあぶり出すだろう」

真実は、けわしい表情で、スマホに向かって語りかける。

「あなたは、いったい何者だ」

「……わたしの名は、カオス。不死身の黒魔術師」

美希がハッとする。

「カオス……って、脱獄して警察も捜しているのにまだ捕まっていない、あのカオス? そうか、あのアプリの制作者の名前はクロヅキだった!」

「え、カオスって、こないだ美希ちゃんたちが話してた?」

「健太くん、わたし、実録犯罪をテーマにした学校新聞の新コーナーの1回目は黒月教授事件を扱おうと思っていたんだ。10年ほど前に大学生たちがさまざまな事件を起こしたんだ。学生たちは逮捕されたけど、動機は謎で誰も自供しなかった。学生に共通していたのが心理

学の黒月香王巣教授のゼミ生だったということ。捜査するうちに、すべての事件に黒月教授が関わっていたことがわかって、逮捕されたんだよ」

「え、カオスっていう人、大学教授だったんだ」

健太は驚いて声をあげた。

「フフフ、お嬢さんの説明で、わたしが自己紹介するまでもないようだね。これから、もっともっとドロドロした人間の本当の姿を白日のもとにさらしてやる。また会うことになるだろう。さらばだ。フハハハッ」

薄暗い部屋でカオスは高笑いしながら、映像が途切れた。

夕日の差すなか、健太たちはぼうぜんと街角に立ちつくした。

不死身の黒魔術師 1 - 恋をかなえるヤギ事件

SCIENCE TRICK DATA FILE
科学トリック データファイル

不死身の黒魔術師1 - 恋をかなえるヤギ事件

スパイウェアに注意！

スパイウェアはアプリやサイトに潜んでいたり、メールで送られてきたりして、気づかないうちにスマホやパソコンに侵入してしまうことがあります。それによって個人情報が盗まれると、詐欺などの被害にあう危険もあるので注意が必要です。

侵入ルートはどんどん変わっていくんだ

スパイウェアを防ぐには

②監視する
スパイウェアを監視するセキュリティーソフトをスマホやパソコンに入れておくとよい。

①侵入させない
送り主がわからないメールやファイルを開かないようにする。開発者がわからないアプリも危険だ。

悪魔と契約した錬金術師

不死身の黒魔術師2

この日は休日。健太、美希、真実の3人は、森の中にいた。ハマセンこと、学年主任の浜田先生に頼まれ、3人は森に植樹をするボランティアに参加していたのだ。

ひとり黙々と作業をする真実のかたわらで、健太と美希は先日起きた事件の話に夢中になっている。あれからマジメスギは、スパイウェアが入ったスマホを処分したと、健太はうわさに聞いていた。

「杉田くんを恐怖におとしいれた犯人は、『カオス』って名乗ってたけど……。脱獄して、まだ警察に捕まっていないんだよね？」

不安げな表情を浮かべる健太に、美希は言う。

「警察も、かなり手こずってるみたいね。カオスは海外に逃亡した、なんてウワサも飛び交ってるけど……実はね、ここだけの話、花森町に潜伏してるんじゃないかとも言われてるの」

「えっ、カオスがこの町に!?」

美希によると、最近、花森町やその周辺で、黒いローブ姿の男が頻繁に目撃されていると

不死身の黒魔術師 2 - 悪魔と契約した錬金術師

男は黒魔術の呪文をとなえながら、町のあちこちで不思議な現象を起こしているらしい。

「黒魔術の呪文!? 不思議な現象を起こしてるってことは……カオスは本物の黒魔術も使えるってこと!?」

驚く健太に、「さあ、それはどうだか」と、美希は肩をすくめながら答える。

「カオスの黒魔術が本物かどうかはわからないけど……歴史上に魔術師が実在していたことは事実よ。特に中世ヨーロッパには、『賢者の石』で有名なニコラ・フラメルをはじめ、魔

ニコラ・フラメル
(1330ごろ〜1418年)
フランスの錬金術師。

レーヴ・ベン・ベザレル
(1525〜1609年)
プラハ(チェコ)のユダヤ教の神父。(生年は諸説あり)

「えっ、たくさん!?」

術師と呼ばれる人たちがたくさんいたわ」

「たとえば、レーヴ・ベン・ベザレルというユダヤ教の神父は、泥人形に命を吹き込んで、ゴーレムと呼ばれる人造人間を作り出したって言われてるのよ」

「ゴーレムって……ゲームとかに出てくる泥の怪物だよね!?」

美希の話に、健太は夢中になる。

そこに、両手に大きな袋を持ったハマセンがやってきた。

「みんな、ごくろうさん。腹減っただろう。今日のお礼だ」

ハマセンは、袋からお弁当と飲み物を取り出し、3人に配る。

「わーい、天むす！ぼく、大好き！」

エビ天の入ったおにぎりを見て、健太は小躍りした。

健太は、真実や美希と木陰でお弁当をほおばる。美希に話の続きを聞こうと思ったそのとき、森の中を黒っぽい影がよぎった。

（えっ、もしかして……？）

健太は反射的に影を追いかけ、ひとり、その場を離れていく。

泥んこ沼の近くまでやってきたとき、黒い影の主がはっきり見えた。

それは黒頭巾をかぶったローブ姿の、あやしげな男だった。

健太の心臓が、ドクン、と脈打つ。

物陰に隠れて、ようすを見守っていると……。

男は片ひざをつき、呪文をとなえ始めた。

「エロイムエッサイム、エロイムエッサイム。この土に命を吹き込み、魂を宿したまえ」

しばらくして土の中から、泥にまみれた何かが、ムクムクと現れた。

その何かは、徐々に大きくなる。

そして、大きな泥人形の姿になった。

「うわああああああっ!!!」

健太の悲鳴に、男が振り返る。

黒頭巾をかぶっているので顔はよく見えないが、その口元には笑みが浮かんでいた。

「フフフ……ぼうや、きみはおもしろい子だねえ。わたしのことを覚えているかい?」

「えっ……?」

「名前はカオス、不死身の黒魔術師だ」

「カカカ、カオス!?」

健太は腰を抜かし、その場にへたりこむ。

そこに、健太の悲鳴を聞いて、真実と美希が駆けつけてきた。

カオスは、その場からスーッと姿を消す。

「健太くん、どうしたの?」

美希に問われた健太は、泥人形を指しながら叫んだ。

「……カオスだ‼ たった今、カオスが現れて、あのゴーレムを黒魔術で出現させたんだ‼」

「……ゴーレム?」

真実は、眼鏡を人さし指でクイッと持ちあげる。

そして、泥人形のそばに寄り、じっくりとそれを観察し始めた。

「健太くん、怖がらなくても大丈夫だよ。これはただの作りもの、人形の風船さ」

「風船⁉」

泥にまみれていたので、泥人形のように見えたが、よく見ると、それは茶色いゴムでできたゴム人形だった。

「でも、でも、でもさ、ぼくの目の前で、ひとりでに大きくふくらんだんだよ⁉」

「何か、しかけがあるんだろう」

真実は、ゴーレムの足元を掘る。すると、その両足は、土に埋められたふたつのバケツの口に、それぞれ、はめられていることがわかった。

バケツの中には、すっぱいにおいのする液体が入っている。

バケツのふちには、白い粉のようなものが付着していた。
「これは、化学反応を利用したトリックさ。これを仕掛けた人間は、このふたつのバケツに酢を入れ、こっちのゴム人形のほうには重曹を入れておいたんだ」
「重曹って、炭酸水を作るときに使うあの重曹だよね？」
炭酸好きの健太は、最近、重曹とクエン酸でソーダを手作りすることに凝っていた。
「そう。酢もクエン酸も酸性の液体だ。どちらも重曹と反応すると、二酸化炭素の泡を発生させる」
「もしかして……その二酸化炭素がゴム人形の両足をふくらませたとか？」
「そのとおりだよ。重曹が入ったゴム人形の両足は、酢の入ったバケツの口に、はめられていた。黒頭巾の男はあらかじめ、このような装置を用意しておいてから、健太くんをこの場所に誘導し、目の前でしおれたゴム人形を少しだけ持ちあげてみせたんだ。このとき、重曹がバケツの中に落ちて、酢と混じり合い、二酸化炭素が発生した。その二酸化炭素が、ゴム人形をふくらませたってわけさ」
「……はぁ、なんだ、そういうことだったのか」

ゴーレムのトリック

- 風船でできたゴーレム
- 重曹
- 酢の入ったバケツ

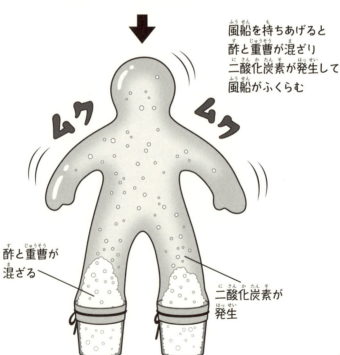

風船を持ちあげると酢と重曹が混ざり二酸化炭素が発生して風船がふくらむ

- 酢と重曹が混ざる
- 二酸化炭素が発生

健太は拍子抜けした。しかし、真実はけわしい表情でこう付け加える。

「カオスが『黒魔術』と称しているものは、科学と心理学を組み合わせたトリックにすぎないけれど、人の心をあやつり、洗脳するワザにかけては、天才的だ。ある意味、とても危険な存在といえる」

一方、美希は、ジャーナリスト魂に火がついたようだった。

「学校新聞にカオスの過去を暴く記事を書いたぐらいじゃ、まだ足りないわね。みんながカオスにだまされないように、もっともっと呼びかけなきゃ！」

美希は「記事を書く」と言って、ひとり先に帰っていった。

町でカオスらしき男の姿を見かけても、絶対に近づいてはいけないと、真実は釘を刺す。

どろんこ沼から、泥まみれの人影が現れたのは、そのときだった。

「ゴーレム!?　今度はホンモノ!?」

健太は、とっさに真実の手を引き、その場を逃げ出す。すると——、

びちゃっ、ぐちゃっ、びちゃっ、ぐちゃっ!!

泥の怪物、ゴーレムは、ふたりのあとを追いかけてきた。

「ひいいっ、助けてええぇ〜〜!!」

ゴーレムかと思われた怪物は、よく見ると……泥まみれのハマセンだった。

「えっ!?」

「待ってくれ! 宮下、オレだ!」

ハマセンは、泥んこ沼に落ちていた千円札を拾おうとして足をすべらせ、沼にハマったという。

「いや、しかし、まいったなぁ……これじゃ、アイツに会いにいけない」

今日の午後、ハマセンは高校時代の友人と会う約束をしていたらしい。

「長谷部智也といって、オレの自慢のマブダチなんだ。俳優をやっていて、テレビにも時々出てるんだ。今はまだ無名だけど、いずれスターになると、オレは信じてる」

ハマセンは泥がつかないように注意しながら、自分のリュックを開けると、ブタの絵が描かれた小さな金色のメダルを取り出した。

「そんなわけで、宮下、悪いんだけど……このメダルを、オレの代わりに長谷部に届けてく

「えっ!?」
「テツばっちゃんから台湾土産にもらった、純金のメダルだ。風水で、ブタは富と繁栄の象徴とされている。幸運を招くお守りなんだ。長谷部のやつ、最近、ドラマの大役が決まったみたいでさ。仕事がうまくいくように、このメダルをしばらく借りたいって言うんだよ」
ハマセンに頼まれた健太は、「わかりました」とメダルを受け取る。そして、ハマセンの友人に届けるため、繁華街の喫茶店へと向かったのだった。

●

喫茶店で、健太はハマセンの友人——俳優の長谷部智也と向き合った。
長谷部はウェーブのかかった髪、彫りの深い顔立ちで、引きしまった筋肉質の体形。とても若々しく、ハマセンと同じ年には見えない。健太がハマセンから預かってきたメダルを差し出すと、「ありがとう」と白い歯を見せ、ほほえんだ。

「わざわざ、ごめんね。よかったら、好きなものを注文して。おごるから」

「えっと、じゃあ……クリームソーダを……。それと、サインもらえますか?」

長谷部は快く応じてくれたが、健太にサインを渡すとき、少しさびしげに言った。

「オレのサインなんか持ってても、価値ないかもしれないよ」

「いや、そんなことないでしょ。長谷部さん、カッコイイし、『いずれスターになる』って、ハマセ……浜田先生が自慢してましたよ」

「浜田がそんなことを……?」

長谷部は、顔をくもらせた。

「今度、ドラマで大役をやるんですよね? よかったらドラマのタイトル、教えてくれませんか? ぼく、絶対、見ますから!」

長谷部はバツが悪そうな顔になり、ため息をつく。

「ごめん……実はその話、ウソなんだ」

「えっ、ウソ!?」

「健太くん、俳優の世界ってものはね、見た目ほど華やかじゃないんだ。役をもらうために

は、オーディションを受けなきゃならないんだけど、これが受けても受けても、なかなか受からない。生活のためのアルバイトに追われて、演技の勉強もままならない。生き馬の目を抜く競争の世界で、人を蹴落としてでも役をつかまなきゃ、はいあがれないっていう現実もある」

長谷部は、ため息まじりに言ったあと、「実はね……」と、奇妙な話をし始めた。

《あなたの夢をかなえます！》

俳優の仕事に恵まれず、夢をあきらめかけていた長谷部は、あるとき、ネットで、そんなタイトルの記事を目にした。自分のかなえたい夢を書いてメールで送れば、応募者の中から選ばれた10人に、夢をかなえるチャンスが与えられるという。

長谷部がダメモトで自分の夢を書き、応募したところ、しばらくして返信が届いた。

《おめでとうございます！　あなたは、1378人の応募者の中から、夢をかなえられる10人に選ばれました！》

さらにメールには、こんな文言も書かれていた。

《お金ですべての夢がかなうわけではない、とあなたはお思いでしょう？
しかし、たいがいの夢は、お金さえあればかなうものなのです。
わたしは錬金術師です。錬金術で、あなたの夢をかなえます！》

「**錬金術!?**」

長谷部の話を聞き、健太は思わず声を張りあげた。長谷部は続ける。

「メールの送り主のことを全面的に信じたわけじゃないけど、話だけでも聞いてみようかと思って……。オレもいい年だし、この年齢で貯金ゼロ、アルバイト生活ってのは、さすがにキツい。そろそろやめどきかなぁとも思ってる。でも、まとまったお金さえ手に入れば、もう少しだけ、俳優の夢を追い続けることができるんだ」

「でも、それと、浜田先生からメダルを借りたこととは、どう関係があるんです？」

健太がたずねると、長谷部は少しためらってから答える。

「メールの送り主から、コインやインゴットのような、うすくて小さな金製品と、大きな銅製品を持ってくるように言われたんだ。錬金術を行ううえで必要なものらしい。でも、オレ、金製品なんか持ってないから、浜田に貸してもらおうと思ってさ」

「なるほど、そういうことだったんですか」

「アイツにウソをついたことは、悪かったと思ってる。でも、結果的にオレが夢をかなえられたら、アイツも喜んでくれるんじゃないかなぁ」

●

健太は長谷部と一緒に、とある倉庫へとやってきた。

そこは、メールの相手が指定してきた場所——アニメの錬金術師にあこがれを抱いていた健太は、本物の錬金術をこの目で見たいと思い、長谷部についてきたのだ。

倉庫の中には、ほかにも何人かの人々が集まっていた。

倉庫の中央にはテーブルが置かれ、理科の実験道具のような器具が並べられている。

その手前のコンクリートの床には、黄色いチョークで魔法陣が描かれていた。テーブルの前には、40歳くらいの男の姿があった。やせて背が高く、整った顔立ちをしている。アニメの錬金術師さながらの、白っぽいガウンのようなローブをまとい、緑がかったレンズの色眼鏡をかけていた。

「みなさん、はじめまして。わたしは錬金術師です」

男はそう名乗ると、一同の前で話し始めた。

「錬金術とは、ご存じのとおり、銅、鉄、鉛などの卑金属から、金や銀などの貴金属を生

貴金属と卑金属

さびにくい金属である、金・白金（プラチナ）・銀などを「貴金属」と呼ぶ。それ以外のさびやすい金属は「卑金属」と呼んでいる。

成するワザのことです。古代ギリシャ、エジプト、西洋……代々の錬金術師が挑み、なし得なかったそのワザを、わたしはついに完成させました。今から、みなさんにお目にかけましょう」

錬金術師はそう言ったあと、人々に呼びかけた。

「その前に、みなさんに注意しておきたいことがあります。錬金術とは、悪魔と契約し、欲望をかなえる魔術です。悪魔は危険な存在です。人間の欲をかなえてくれる代わりに、命とか、魂とか、それと等価な見返りを求めてきます」

(……知らなかった。錬金術がそんな危険なものだったなんて……)

健太は不安を覚える。

しかし、錬金術師はこう付け加えた。

「わたしは魔力に守られているので大丈夫ですが、魔力を持たないあなたがたは、この魔法陣の中にお入りください。魔法陣の中にいれば、みなさんは安全です。わたしが錬金術を行っているあいだは、絶対に魔法陣の外には出ないでください」

錬金術師の呼びかけに応じ、その場にいた人々は、みな、魔法陣の円で囲まれた内側に

98

入った。

「ありがとうございます。錬金術で、わたしはみなさんを億万長者にしてさしあげましょう。その代わりといってはなんですが、錬金術のすごさを世に広めてください。錬金術というものがこの世に存在し、人々を幸せにできる、すばらしいものであることを、わたしは世に知らしめたいのです。ご賛同いただける方は、こちらの契約書にサインをお願いします」

錬金術師はそう言って、集まった人々に契約書を渡し、サインをさせた。

「では、錬金術を始めたいと思います。まずは金のかけらが入ったこの容器に、水をそそぎます」

錬金術師は、小さな金のかけらが入ったガラスの容器に、水をそそぐ。

(……エロイムエッサイム？　これって……)

健太は、再び不安を覚える。

水がそそがれるうちに、容器の底に見えていた金のかけらは、姿を消した。

「わたしの魔力によって金が水に溶け、『金の水』ができあがりました。この水は、金を作り出すことができる魔法の水です」

錬金術師はそう言いながら、液体が入った耐熱容器に、スポイトで「金の水」を1滴たらす。

すると、そこに銅のコインを入れ、カセットコンロで熱した。

「ごらんのとおり、『金の水』を1滴たらし、熱しただけで、銅が銀に変わりました。さて、ここからが最後の仕上げです」

錬金術師は、銀色に変わったコインをピンセットでつまみ、ガスの火であぶった。

すると、コインはあっという間に金色に変わり、まばゆい光を放ち始めた。

「金だ！」

「**銅が金に変わったぞ！**」
「まさか、こんなことが本当にできるなんて……！」

人々はざわめく。しかし、この"錬金術"を疑う者もいた。

「こんなもん、どうせインチキだろ。知り合いの金の鑑定士から聞いた話では、金は磁石にはくっつかないらしいぞ？」

コインは、磁石にはくっつかなかった。

ひとりの年配男性は、そう言って磁石を取り出すと、それをコインに近づける。

その言葉に、人々はうっとりする。

「うむ……信じられん話だが、こいつは本物の金だ」

「それでは、みなさん。お待ちかねのお時間です。ここから先は、みなさんがお持ちになった銅製品を、わたしの錬金術で、金に変えていきたいと思います」

錬金術師は、満足そうにほほえんで言った。

「よっしゃ！ オレが一番乗りだ！」

「いや、わたしよ！」

人々は、我先にと押し合い、争いを始める。

「まあまあ、お静かに。……では、まず、あなたから」

錬金術師は、ひとりだけ争いに加わらなかった長谷部を指名した。

「わたしがメールで指定した『うすくて小さな金製品』と『大きな銅製品』は、持ってきていただけましたか？」

長谷部は「はい」とうなずき、ハマセンから借りた金のブタのメダルと、家から持ってきた大きな銅のなべを取り出し、錬金術師に差し出す。

「金のメダルですね。では、これを使って『金の水』を作らせていただきます」

錬金術師は、「エロイムエッサイム、エロイムエッサイム」と、呪文をとなえながら、金のメダルが入った容器に水をそそぐ。

水をそそぎ終えたとき、金のメダルは容器の中から消えていた。

「ごらんのとおり、金のメダルは水に溶け、『金の水』になりました」

「溶けたって……それじゃ、ハマセ……浜田先生のメダルはなくなっちゃったってこと⁉」

がくぜんとする健太をよそに、錬金術師は淡々と作業を続ける。

長谷部が持参した銅のなべを、『金の水』を一滴たらしたまばゆいばかりの金色のなべに変わった。銀色に変わり、それを火であぶると、なべは浸して熱すると、なべは

「**金だ!! 見ろ、健太くん!! これだけ大きな金があれば、借りたメダルの2倍、いや、3倍大きなメダルを浜田に買ってやれるぞ!!**」

黄金のなべを手に、長谷部は興奮したようすで叫ぶ。

健太は、なんだか悲しくなり、思わずつぶやいた。

「でも、浜田先生は、あのメダルを『テツばっちゃんの台湾土産』って言ってたんだ。お金には代えられない、大切な宝物だったはずだよ?」

健太の言葉に、長谷部はハッと顔をこわばらせる。

そのとき、錬金術師が健太に顔を近づけてきて、その耳元でささやいた。

「ぼうや、この世に、お金に代えられない宝物なんてないんだ。どんな思い出よりも、お金が勝る。人を裏切ってでも、手に入れたい。人間の本質とは、そういうものなんだよ」

錬金術師はニヤリとほほえみ、ほんの一瞬、緑の色メガネをはずす。

健太は「アッ!」と、息をのんだ。

さっきまで黒かった錬金術師の目が、赤く変わっていたのだ。

この世のものとは思えない姿を目にした健太は、恐怖に我を忘れ、悲鳴をあげる。そして、思わず走りだした。

「ぼうや、魔法陣の外に出てしまったね」

「えっ!?」

錬金術師の声に振り返った健太は、自分が魔法陣の円から大きくはみ出していることに気づく。

「あれほど言ったのに……約束を守ってくれなくて残念だ。気の毒だけど、きみの命は、もってあと数日——」

「あと数日!?」

「いけにえに定められた人間が、悪魔から逃れられる方法はない」

「そんなっ……そんなっ……‼」

健太は、泣き叫びながら、倉庫を飛び出していった。

●

「真実くん……助けて……」

図書館にいた真実のもとに、健太は走り疲れて、ふらふらになってやってきた。

「ぼくは死ぬんだ……錬金術の最中に魔法陣の外に出てしまったから……。悪魔がぼくを殺しにくる……」

健太は、ぽろぽろと涙を流す。

「健太くん、どうか落ち着いて。何があったのか、最初から順を追って、ぼくに話してごらん」

真実にやさしく促され、健太は起きた出来事を、つぶさに真実に話した。

「……なるほどね」

話を聞き終え、真実はほほえむ。

108

「健太くん、大丈夫だよ。その錬金術は、ただのトリックさ」

「えっ!?」

「それと同じことなら、ぼくにだってできる。科学の力でね」

真実はそう言うと、健太を学校の理科室に連れていった。

「錬金術師が銅を金に変えるために使ったのは、水酸化ナトリウム水溶液に亜鉛を混ぜた、この液だ」

理科クラブ顧問の大前先生から特別に許可をもらって借りてきた化学薬品のビンを示しながら、真実は健太に言う。

「この水溶液に銅を入れて熱すると、銅の表面に亜鉛がついて銀色に変わる」

真実は、銅のコインを水溶液に入れて熱した。健太は、思わず叫ぶ。

「銅が銀色になった！ 錬金術師がやったときと同じだ！」

「そう。そして、この銀色になったコインを火であぶると、表面の亜鉛が銅と溶け合って『黄銅』になるんだ」

真実は、コインを火であぶる。

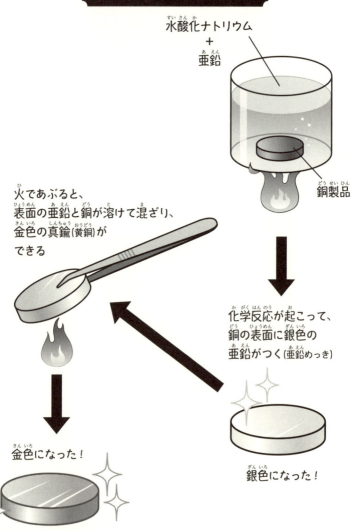

すると、それはたちまち、まばゆいばかりの金色に変化した。
「金になった‼ あ、でも、黄銅ってことは……本物の金じゃないってこと⁉」
「もちろん、黄銅は金ではない。一般的に『真鍮』と呼ばれるものさ。加工しやすいので、生活のさまざまなものに使われている。五円玉やトランペットも、実は金ではなく、黄銅だったと言われているんだ。中世ヨーロッパの錬金術師が作っていたものも、実は金ではなく、黄銅から作られてると言われている」
「つまり、あの錬金術師はインチキだから、ぼくが悪魔に命をねらわれる心配はないってことだよね？」
健太は、ほっと胸をなでおろす。しかし、疑問はまだあった。
「錬金術師は、はじめに『金の水』を作るといって、ハマセンの金のブタのメダルを水に溶かしてみせたんだ。それって、どんなトリックなの？」
「その答えも、ぼくにはもうわかっているさ。健太くん、行こう」
真実は健太をうながし、連れ立って理科室を出た。

ふたりがやってきたのは、錬金術が行われていた倉庫だった。
ほかの参加者たちの姿はなかったが、長谷部だけはその場に残っていた。
「どうか……どうかお願いします！　金のメダルをもとに戻してください！　あれは親友がおばあちゃんからもらった大切な品で……お金には代えられないんです！」
長谷部は錬金術師にすがり、懇願していた。
「残念ですが、あのメダルはもう溶けてしまいました。もとに戻すことはで

「きません」

錬金術師は冷たく言い放つ。

「いや、メダルはちゃんとあるはずです」

真実はそう言うと、錬金術師の前に歩み出た。

「金は、『王水』と呼ばれる液体にしか溶けません。しかも、固体だと溶け

王水
濃塩酸と濃硝酸を3対1（体積比）で混ぜてできる液体。ほとんどの金属を溶かすことができるので、この名がついた。

るまでに数日かかる。一瞬で水に溶けるなんてありえないんです」
「だから、わたしは魔力によって、あのメダルを水に溶かしたんだよ」
錬金術師は言い返したが、真実は毅然とした態度を崩さなかった。
「科学で解けないナゾはない。あなたは『メダルを水に溶かした』と言っているが、実際には
ある方法を使って、『見えなくした』だけだ。その方法とは――」

水が入る前も入ったあとも、メダルは同じ場所にあった。
それは、どこだろう。

「あなたが使ったのは魔術ではなく、『全反射』を利用した科学トリックですよね？」

健太と長谷部は、目をパチクリさせた。真実は続ける。

「全反射!?」

「あなたは、ガラスの容器にメダルを入れたと見せかけていたが、実は容器の下に置いただけだったんですよね？　容器の下にあるメダルは、通常の状態なら、ガラス越しに目で見ることができる。しかし、容器に水をそそぐと、『全反射』と呼ばれる現象が起き、容器の底が鏡のようになって、光をすべて反射してしまいます。メダルが見えなくなったのは、そのためです」

真実は、ガラス容器の下にコインを置き、水をそそいで実演してみせた。

コインは、見事なまでに、消えて見えなくなった。

「あなたはここに集まった人たちに、魔法陣の中にいるように言いました。その理由は、近づいて真上から見れば、全反射は起こらず、ガラス容器の下にあるメダルが見えてしまうからです」

116

不死身の黒魔術師2- 悪魔と契約した錬金術師

全反射とは？

通常の光の進み方

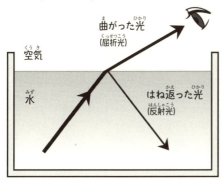

光が、違う物質(水と空気など)の境目を進むとき、一部ははね返り、一部は少し曲がって進む

↓

曲がった光は見える

全反射の光の進み方

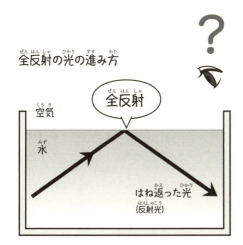

ある角度を超えると、すべての光がはね返り、外に出ていかなくなる

↓

見えなくなる

「じゃあ、浜田のメダルは溶けたんじゃなくて、見えなくなっただけなんだな！？そうとわかれば話は早い！さあ、あのメダルを、今すぐ返してもらおうか！」

真実にここまで見抜かれて、錬金術師は無言になった。すると、長谷部が息巻く。

「さっき、あんたが錬金術で金に変えたと言っていたこのケトル、宝石店に持っていったら、『金ではない、黄銅だ』って言われたぞ！？」

そこに、錬金術師にだまされたと気づいたほかの人々も戻ってきた。

「オレたちから奪った金製品を返せ！」

人々は怒りのこぶしを振りあげ、叫んだ。

「いいでしょう。金製品はお返ししますよ」

形勢不利と悟ったのか、錬金術師はあっさり金製品を長谷部と人々に返す。

「よくもだましやがったな！」

「わたしは、もともとカネにも金にも興味はないんです。わたしの目的はただひとつ、みなさんに"錬金術"を伝授すること——」

118

不死身の黒魔術師 2 - 悪魔と契約した錬金術師

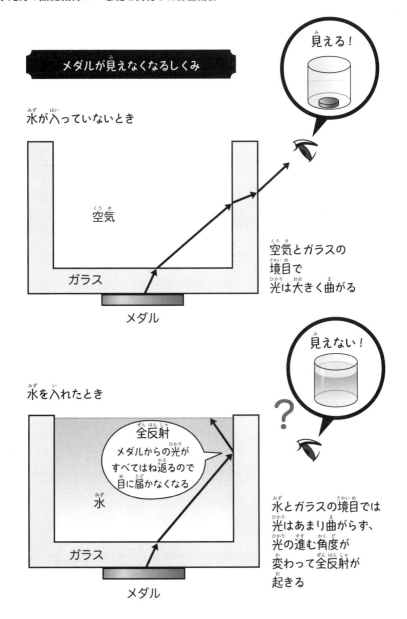

キョトンとする一同に、錬金術師はニヤリとほほえみ、言った。
「まだ、お気づきになりませんか？　わたしのやり方をまねて、みなさんが他人をだまし、お金儲けをすれば、あっという間に億万長者になれるということに──」
「なるほど……あんたが言う"錬金術"ってのは、そういうことだったのか」
人々は、納得したようすを見せる。すると、錬金術師はさらに言った。
「わたしの"錬金術"に興味がある方は、連絡先を交換しませんか？　今度、あらためてその件について、お話しさせていただきましょう」
すると、何人かの人々が、スマホを手に錬金術師の前に並びだした。
「ねえ、待って！　人をだましてお金を儲けるなんて、間違ってるよ！」
健太は必死に止めようとしたが、人々は聞く耳を持たなかった。
錬金術師と連絡先を交換すると、ホクホクしたようすで帰っていく。
「どうやら、わたしの勝ちのようですね」
そんな錬金術師に、真実は射るようなまなざしを向けた。

「なるほどね。あなたのやり方はよくわかったよ、カオス」

「カオス!? もしかして、あの脱獄犯の……?」

長谷部はつぶやく。

一方、健太は「やっぱり、そうだったのか」と、納得した。錬金術師がカオスと同じ呪文をとなえだしたあたりから、ひょっとしたら……と、健太も疑っていたのだった。

「そう。彼の名は黒月香王巣。刑務所から脱走して指名手配を受けている、あのカオスです」

真実に正体を暴かれた錬金術師——もとい、カオスは、いつの間にか頭巾のついた黒いローブをはおっていた。その姿は、健太が森で見たカオスそのものだった。

「いかにも。わが名はカオス。"混沌"をこの手で作り出す男——。

今日は、いいものを見せてもらったよ。金に目がくらみ、一喜一憂する人間の姿ほど、醜くも美しいものはないからね」

そんなカオスを、真実は鋭い目で見すえたまま、低い声でつぶやく。
「カオス、あなたの目的はなんだ？　過去に学生たちをあやつって犯罪に走らせたのも、ただただ、人の心の醜さをあぶり出すためなのか？」
「そのとおりだよ。人間とは、そもそも悪だ。たとえば、そちらのぼうや……宮下健太くんといったっけ？　純粋無垢を絵に描いたようなきみの心の中にも、悪魔はひそんでいる。それをあぶり出すことこそが、わたしの極上の楽しみなんだよ」
カオスは言い終わると、緑の色眼鏡をはずす。眼鏡の下から現れたのは、この世の人間とは思えない、赤い目だった。健太は、ぞっとしてすくみあがる。
「あの目……カオスは、ただの人間じゃない、悪魔がとりついてるんだ！」
「健太くん、あれはカラーコンタクトレンズだよ。彼は赤いコンタクトをした目に、緑色のメガネをかけていただけだ。緑色のフィルターを通して見ると、赤い色は黒く見える。健太くんも、知ってるはずだろ？」
真実に言われて、健太は過去に起きた「血ぬりの仏像消失事件」のことを思い出す。
「……そうか。落ち着いて考えれば、カオスがやっていることはぜんぶ、ただのトリックな

血ぬりの仏像消失事件
『科学探偵怪奇事件ファイル 襲来！宇宙人の謎』で、真実たちが解決した事件。

健太のつぶやきを耳にしたカオスは、憎しみのこもった目で真実を見た。
「謎野真実。またしてもきみは、わたしのじゃまをしてくれたね。この報いは、必ず受けてもらうよ。大切なものを失うという形で——」
意味深な言葉を言い放つと、カオスは身をひるがえし、倉庫の裏口に向かって走りだした。
「逃がすか！　やつを捕まえて、警察に突き出してやる！」
長谷部は、カオスを追いかけていく。真実と健太も、あとに続いた。

倉庫の裏口を出たところで、長谷部は頭巾をかぶったローブ姿の人物にタックルをか

「捕まえた!!」

しかし、頭巾を取って、その顔をよく見ると……相手は女性だった。

女性は「黒頭巾のついたローブ姿で町を歩けば、運命の相手に出会える」という、アプリ「恋魔界」のお告げに従い、その格好で町を歩いていたという。

ハイテンション・アガルにアプリの正体を拡散してもらっても、まだまだアプリにハマる人の数は減らないらしい。

よく見ると、繁華街の表通りは、同じ服装をした人々であふれていた。

真実はつぶやく。

「……そうか。カオスが黒頭巾にローブという目立つ格好で町に出没し、自分の姿を印象づけていたのは、アプリで洗脳した人々にも同じ服装で町を歩かせ、警察の捜査をかき乱すためだったんだな」

しかし、気づいたときには、遅かった。

カオスは黒頭巾を隠れみのに、すでに逃げおおせていたのだった。

それから数日経ったある日、健太と真実はハマセンを通して、長谷部のその後を知った。長谷部は刑事ドラマのオーディションを受け、小さい役ながら、レギュラー出演が決まったという。

「……よかった。俳優の夢をあきらめずにすんだんだね」

健太はうれしくなり、晴れ渡った空を見上げる。

しかし、カオスは、いまだ警察にも捕まらず、どこかに潜伏しているようだ。

そのことを考えると、真実の気持ちは晴れなかった。

郵便はがき

おそれいりますが切手をお貼り下さい

朝日新聞出版　生活・文化編集部
ジュニア部門　係

お名前		ペンネーム	※本名でも可
ご住所	〒		
Eメール			
学年	年	年齢　　才	性別
好きな本			

※ご提供いただいた情報は、個人情報を含まない統計的な資料の作成等に使用いたします。その他の利用について詳しくは、当社ホームページ https://publications.asahi.com/company/privacy/ をご覧下さい。

☆本の感想、似顔絵など、好きなことを書いてね！

ご感想を広告、書籍のPRに使用させていただいてもよろしいでしょうか？
1．実名で可　　　　2．匿名で可　　　　3．不可

不死身の黒魔術師 2 - 悪魔と契約した錬金術師

2
SCIENCE TRICK DATA FILE
科学トリック データファイル

金を欲しがる人は多いよね

知ってる？金のヒミツ

古代エジプトの王・ツタンカーメンの顔をかたどったとされる「黄金のマスク」など、古い遺跡から金製のものはたくさん見つかっています。太古の昔から現在まで、金はとても価値が高いものとされてきました。その理由にもなってきた金の性質をいくつか紹介します。

金にはこんな性質がある！

欲しい人の数と
モノの量で
価値が決まる
こともあるよ

③やわらかい
純金はほかの金属に比べるとやわらかく、かたい物でたたいたり引っ張ったりすると形を変えられる。

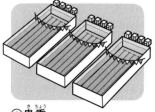

①貴重
金は量が少なく、既に50mプール3杯分（約17万トン）以上が採掘され、あと1杯分しか残っていない。

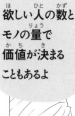

④さびにくい
金属が酸素と結びつくことを「さびる」という。金は酸素と結びつきにくい性質があり、長い時間がたってもさびにくい。

②重い
金の重さは1cm³あたり19.3g。同じ大きさの水は1g、鉄が7.9g、銀が10.5gなので、ほかの物質と比べてもとても重い。

賢者の石と20人の生贄

不死身の黒魔術師3

「へえ、くだもの狩りツアーなんてあるんだね」
ある日。真実は健太と道路を歩いていた。駅前にある書店に行こうとしていたのだ。
「今度の祝日に地区の子ども会のバスツアーがあるんだ。1日で5か所も回る、くだもの狩りのスタンプラリーツアーなんだよ」
健太はそう言って、カードを見せた。
カードにはスタンプを押す枠が描かれていて、くだもの狩りを1か所行うごとにひとつのスタンプを押すようだ。
「1日で5か所も行くなんて、けっこうハードスケジュールだね」
「うん。だけど5種類もくだものを食べられるから、すごく楽しみなんだ。真実くんともくだもの狩りに行きたいなぁ」
「ぼくは、健太くんと住んでいる地区が違うからツアーには参加できないよ」
「いつか一緒に行こうよ。きっと楽しいと思うよ!」
健太はそう言ってニッコリと笑った。

「あれ?」

ふと、健太は前方の病院から出てきたショートカットの女の子に目を留めた。

「あの子はたしか……」

美希と同じクラスの三田千秋だ。

千秋は肩を落としながら、大通りのほうへと歩いていく。

「どうしたんだろう?」

「誰かが入院しているんじゃないのかな?」

真実は病院を見ながら言う。どうやら千秋はお見舞いに訪れていたようだ。

「そっかあ。なんだか元気がなかったね」

健太は、千秋が落ち込んでいるように見えて、心配そうに言った。

「それはたぶん、千秋ちゃん、お母さんのお見舞いに行ってたんだと思うわ」

翌日。真実と健太は、学校の渡り廊下で美希と話をしていた。

美希は千秋と仲がよく、彼女のことをくわしく知っていたのだ。

千秋の母親は病気なのだという。

その病気が悪化して、入院することになったらしい。

「そうだったんだね」

「千秋ちゃん、今日は朝からずっと元気なかったわ」

美希も健太と同じように、千秋のことを心配に思っていた。

すると、健太が何かを思いつき、口を開いた。

「そうだ。千秋ちゃんに、いいお土産を渡せるかも」

「お土産ってなあに?」

「今度行くくだもの狩りツアーの果樹園のそばに、有名な神社があるんだ。そこのお守りをもらってこようかと思って」

「くだもの狩り？ ああ、子ども会のバスツアーね」

美希は健太と同じ地区だが、当日は学校新聞の取材があるため今回は参加していなかった。

「お守りがあれば、千秋ちゃんも少しは元気になれると思うんだ」
「ええ、きっと喜んでくれると思うわ」
盛り上がるふたりを見て、真実はやさしく笑みを浮かべた。
一方、千秋は、ひとり教室の自分の席でうつむいていた。
(このままじゃ、お母さんが……)
千秋の母親は、健太たちが思っている以上に体調が悪かったのだ。

放課後。
家に帰ってきた千秋は、しんと静まり返ったリビングを見て、暗い表情になった。
学校から帰ってくると、いつも母親がいた。それが普通だと思っていた。
(だけど、そういうのって普通じゃないんだね……)
千秋は小さなため息をついた。

ブウ　ブウ

家族用のスマホが震えた。画面を見ると、父親からのメッセージだった。

『学校から帰ってきたかい？今日も残業になってしまってごめんね』

父親は、仕事が忙しく、いつも家に帰ってくるのが遅かった。

（ひとりで夕ごはん食べなくちゃいけないんだね……）

千秋は寂しさで目に涙を浮かべながら、スマホをテーブルに置こうとした。

ブウ　ブウ

そのとき、またスマホが震えた。千秋は父親から新しいメッセージが届いたのかと思って画面を

見たが、そうではなかった。

電話がかかってきたのだ。画面には「非通知」と表示されている。

「電話番号を表示しないようにしてるってこと？」

このスマホは家族や親戚しか番号を知らない。非通知で電話がかかってきたことなどなかった。

千秋は戸惑いながら、電話を取ると、「もしもし？」と言った。

「三田千秋さん。きみのお母さんの病気を治す方法があるよ」

電話の向こうから、男の人の声がした。

「どういうこと？」

千秋が聞き返すと、男の人はフッと笑った。

「えっ？」

「わたしは、カオス。病気を治すことなんて簡単なんだよ。黒魔術を使えばね——」

（ここで、いいのかな……）

しばらくして。千秋は家から少し離れた場所にある神社にやってきた。

夕方。境内には人の姿はまったくない。

薄暗いなか、風が吹き、まわりの林の木々が音を立てて揺れている。

千秋は不気味に思いながらも、賽銭箱の前に立った。

「やあ、よく来たね」

物陰から、ひとりの男性が現れた。

黒いローブをはおった怪しい男——、カオスだ。

「あなたの言うことは、信じられないけど……」

千秋は美希からカオスのことを以前聞いたことがあった。そのため警戒していたのだ。

すると、カオスがフッと笑った。
「信じないのに、わたしの言ったとおり、誰にも言わずにひとりでここに来たのはなぜかな?」
「それは……」
「もしかすると、お母さんの病気を本当に治せるかもしれない。そう思ったんじゃないのかな?」
カオスの言葉に、千秋は何も言えなくなる。そのとおりだったのだ。
「わたしのことを信じられなくてもべつにかまわない。だけど、わたしは本当にきみの力になりたいんだ。そのためにこれを持ってきたんだよ」

カオスはそう言うと、スマホぐらいの大きさの石を見せた。石は血のような真っ赤な色をしている。まるで宝石のようだ。

「これは、『賢者の石』だ」

「えっ、まさか!?」

千秋はそれを聞き驚いた。ファンタジー小説で読んだことがあったのだ。賢者の石とは、中世ヨーロッパで、錬金術師たちが探し求めていた伝説の石である。

その石を液体にして飲めば、永遠の命

を手に入れることができるのだという。
「だけど、ただの伝説で本当に存在しているわけじゃないはず……」
千秋が戸惑いながら言うと、カオスは小さく首を横に振った。
「本当の情報というのは、表には出てこないものだからね。しかし、わたしは黒魔術師。だからこそ、これを手に入れることができたんだよ」
カオスは、千秋に真っ赤な石を見せる。千秋は信じられないと思いながらも、その石から目を離すことができなくなってしまった。
「だけど、この石とお母さんの病気を治すことに、なんの関係があるの？」
「わからないかい？　賢者の石を液体にして飲むと、不老不死になれる。それはつまり、病気など簡単に治せるということだよ」
「えっ!?」
千秋は、カオスに1歩近づいた。
しかしすぐに立ち止まり、警戒しながら身構えた。
「そんなの信じられない……」

「ああ、人の言葉を簡単に信じるのはよくないね。だけど、わたしの言っていることは本当だよ」

カオスは、千秋のうしろを指さす。

千秋がその方向を見ると、いつの間にか、動物を入れるケージが置かれていた。

ケージの中には、1匹の黒猫がいる。

それを見て、千秋は首をかしげる。

「この子は知り合いのペットなんだけど、重い病気にかかっていてねぇ」

「え、そんな」

「けど大丈夫。これがあるから」

そう言うと、カオスはポケットから、透明の小ビンを取り出す。

小ビンの中には、赤い液体が入っていた。

「これは、賢者の石を液体にした『エリクサー』というものだよ」

「エリクサー……」

カオスはケージに歩み寄り、猫をやさしく抱きしめながら外に出した。

猫は抱きしめられても、ぐったりしていてほとんど動かない。わずかに目を開けるが、弱々しく明らかに元気がなさそうだ。

「さあ、もう大丈夫。これで元気になるからね——」

猫の首元をやさしくなでながら、カオスは小ビンの中の液体を猫にかけた。

ニャ ニャアア

次の瞬間、猫が目をパッチリと開け、急に顔を上げた。

そのまま、体を震わせる。カオスが地面に下ろすと、猫はなんと、元気よく歩き始めた。

「どういうこと？？」

驚く千秋に、カオスはほほえみながら近づく。

「賢者の石から作ったこのエリクサーが奇跡を起こしたんだよ。きみのお母さんもこれがあれば病気が治るよ。どうかな、欲しいだろう？」

「それは……」

千秋は、つばをゴクリとのみこむ。信じられないが、猫が元気になったのは、まぎれもな

144

「エリクサーをちょうだい！」

これがあれば、母親の病気が良くなるかもしれない。

だが、カオスは申し訳なさそうな表情になった。

「残念ながら、今あるエリクサーは猫を元気にするために使ってしまったんだ。だから、賢者の石を使って新しいエリクサーを作らなければならないんだよ」

「お願い、作って！」

千秋はカオスに迫りながら言う。そんな千秋を見て、カオスはフッと笑った。

「もちろん作るよ。だけどそのためには必要なものがあるんだ。それは、『20人の生贄』だよ」

「生贄……」

生贄とは、何かを行うために、人や動物を捧げるということだ。

「すでに20人は、わたしのほうで選んでおいたよ」

い事実だ。

カオスはそう言うと、1枚の紙を渡した。

そこには、生贄となる20人の名前が書かれていた。

「これって！」

千秋はそれを見て驚く。

そんな千秋に、カオスはグッと顔を近づけた。

「きみの決断で、お母さんは病気が治り、また一緒に楽しく暮らせるようになる。さあ、生贄を捧げるかい？」

「そ、それは……」

千秋の脳裏に、やさしくほほえむ母親の姿が思い浮かんだ。

「お母さん……」

千秋はカオスを見る。カオスは、ニヤッと笑った。

その笑みにゾッとしながらも、千秋はゴクリとつばをのみこんだ。

数日後の祝日。

真実は公園のベンチに座り、本を読んでいた。

「もうこんな時間か」

空を見ると、日が落ち薄暗くなっている。真実は家へ帰ろうと、本を閉じると公園から出た。

すると、目の前に1台の車が止まった。

「やぁ、謎野くん」

車を運転していたのは、担任の大前先生だ。

「読書かい？　いいね、感心感心」

「大前先生は、どこかに出かけていたんですか？」

「あ〜、今度理科クラブの実験で使う道具を買いにいってたんだよ」

大前先生は、理科クラブの顧問をしている。

「ところで、謎野くん。この前、河合先生に誕生日プレゼントをもらったんだけど、お返し

に何をプレゼントすればいいかな?」

河合先生は美希のクラスの担任で、大前先生に片想いしている。だが、大前先生はそのことに気づいていないようで、今回もプレゼントをもらった真意がわかっていないようだった。

「プレゼントとかは、ぼくはよくわからないですよ」

「やっぱりそうだよねえ、はははは」

大前先生はいつも明るくやさしいが、どこか頼りない。真実は「がんばってください」と言うと、大前先生と別れることにした。

そのとき、声がした。

「**真実くん!**」

美希だ。うしろにはショートカットの女の子もいる。

「彼女はたしか、三田千秋さん」

美希と千秋が真実のそばにやってきた。

「真実くん、捜してたのよ。たいへんなの!」

148

「たいへん？　どうしたんだい？」

真実がそう言うと、千秋が口を開いた。

「お願い、健太くんたちを助けて！ わたし、彼らを生贄にしちゃったの！」

千秋は、泣きそうな声でその説明をした。

先日、カオスに賢者の石からエリクサーを作るために、20人の生贄が必要だと言われた。千秋は母親の病気を治したい一心で、生贄を捧げることを認めてしまった。

「カオスがそんなことを？」

「わたし、黒魔術を行うために、悪魔との契約書にもサインをしてしまって……」

真実の表情がけわしくなる。車の運転席で話を聞いていた大前先生は、意味がわからずキョトンとしている。しかし、みんなを見て、たいへんなことが起きていることに気づいたようだ。

真実は、千秋にたずねた。

149

「その生贄の中に健太くんが入ってたってことかい?」
「うん。今日健太くんは地区のバスツアーに参加してて。カオスが見せてきた紙には、そのツアーに参加する20人の名前があったの」
「20人の生贄は、健太を含む20人の子どもたちだった。
「千秋ちゃん、これでお母さんの病気が治せると思ってたんだけど、今朝、健太くんたちがバスツアーに行く姿を見かけたらしくて」
「健太くんたち、すごく幸せそうだった。わたし、それを見て、みんなを不幸にしちゃいけないと思って」
「誰かを助けるために、ほかの誰かを犠牲にする。確かにそれが正しいこととはいえないかもしれないね」
真実の言葉に、千秋はうなずく。千秋は悩んだ結果、美希のもとを訪れ、助けを求めたのだという。美希は自分だけではどうすることもできないと、真実に相談しようと思ったのだ。
「カオスはわたしに生贄を捧げるかどうか聞いたとき、ニヤッと笑ったの。あれは、わたし

が生贄を捧げるって言うとわかっていて、その言葉を聞きたかったんだと思う」

千秋は美希からカオスのことを聞いていた。カオスは人の心をあやつる。千秋は自分が母親の病気を治したいという気持ちを利用されていたことに気づき、このままではいけないと思ったのだ。

「カオスはなんてひどいやつなんだ……」

大前先生はあぜんとする。

「美希さん、健太くんに連絡を取る方法はあるかい?」

「ええ、1時間ぐらい前にメッセージが届いてたわ。お母さんのスマホを連絡用に持っていってるみたい」

「まだ無事ってことだね」

真実は、大前先生のほうを見た。

「先生、車を出してください! このままじゃ健太くんたちが危ない!」

真実たちは、健太たちを助けるために、あわてて車に乗り込んだ。

「もうすぐ家に着くね」

町はずれにある山沿いの道路を、1台のバスが走っていた。

車内には、健太をはじめ20人の子どもたちと、子ども会の引率者の男性が座席に座っている。

そのとき、親から借りて持ってきたスマホが震えた。見ると、美希から電話がかかってきた。

健太は、持っているお守りを見た。

「千秋ちゃん、喜んでくれるといいなぁ」

果樹園のそばにあった神社に寄って、お守りを手に入れていたのだ。

「もしもし」

「健太くん！」

電話の声は、真実だ。

「真実くん、どうして美希ちゃんの電話に?」
「今、美希さんと一緒に、大前先生の車に乗っているんだ」
「ええ? ますます意味がわからないよ」
「健太くん、落ち着いて聞くんだ。そのバスは、カオスにねらわれている」
「ええ??」
真実は「静かに」と言って、カオスが千秋に言った生贄のことを話した。
「生贄……」
それを聞き、健太は戸惑う。
「え? あ、うん」
「健太くん、スマホの現在地と書かれたボタンをタップするんだ」
「それで地図を開いて。その地図を美希さんのスマホに転送するんだ。
地図をたよりに、すぐにそっちに向かうから!」
「わ、わかった!」
真実の力強い言葉に健太は少しだけホッとする。

「だけど、まさかカオスがぼくたちをねらうなんて。引率のおじさんに言ったほうがいいよね」

健太はふと前の座席を見た。しかし、いちばん前の座席に座っているおじさんは眠っていた。

「あ、あの！」

健太はおじさんに声をかけようとした。

瞬間、バスが大きく揺れた。

「わっ！」

バスは走っていた道路をはずれ、脇にある狭い林道に入る。

「どうして？？」

帰るための道とはまったく違う。健太は思わず運転手のほうを見た。

そのころ。真実たちは大前先生の車で、健太の現在地を確認しながらバスへと向かっていた。

「エリクサーで猫が元気になった??」

美希は、千秋からカオスがしたことを聞いて声をあげていた。

「それって、本物のエリクサーってこと?」

美希は賢者の石が存在していたことを知り、驚きを隠せなかった。

すると、真実が口を開いた。

「やっぱりそうか。美希さん、液体はエリクサーなんかじゃない。猫は首のうしろをつままれると動かなくなるんだよ」

「どのあたり? ええっと首のあたりかな」

「カオスは、液体をかけたあと、猫のどのあたりを触ったんだい?」

「え、そうなの??」

「おそらく、カオスはクリップか何かで猫の首のうしろをつまんでいて、液体をかけたあと、首を触るフリをしてそれを取ったんだよ」

「クリップを首に？　そんなのひどい！」

美希は、カオスのやったことに怒りを感じる。一方、千秋は戸惑っていた。

「クリップがあったなんて気づかなかったわ」

「きみはお母さんのことで頭がいっぱいだった。冷静にまわりを見る余裕などなかったんだよ」

「そんな……」

「ほんと、カオスは許せないわね。人を平気でだますなんて」

「カオスは人の心をあやつる愉快犯で、悪意のかたまりだ」

真実はけわしい表情になった。

そのとき、美希のスマホにメッセージが届いた。

「健太くんからだ。ええぇ??　真実くん！」

美希は、メッセージを真実に見せた。

『バスが森の中で止まったよ！』

「森の中？」

真実はハッとした。

「美希さん、健太くんに現在地を転送させるんだ！　先生、急いで！　カオスが何かをするつもりです！」

日が落ちた薄暗い森の中。
健太たちが乗ったバスが止まっていた。
「どうして止まったの？」
「休憩、じゃないよね？？」
乗っている子どもたちが騒ぎだす。だが、前の席に座っている引率のおじさんは眠ったまま。
すると、運転手がゆっくりと立ちあがった。
「引率の男性には、先ほど睡眠薬入りの飲み物をプレゼントしましたよ。今から行う儀式のじゃまをしてもらいたくないのでね」
立ちあがった運転手は、いつの間にか黒いローブをはおっている。
「まさか！」

「わたしの名はカオス。さあ、生贄のみなさん、きみたちに今からわたしのとっておきの黒魔術を見せてあげよう」

驚く健太を見て、男はニヤッと笑う。

「黒魔術??」
「生贄ってどういうこと??」

子どもたちが混乱して叫ぶ。

「みんな、落ち着いて!」

健太はそう言うと、カオスが笑った。

「フハハハハ、宮下健太くん。きみは勇敢だねえ。勇敢な子どもは大好きだよ。だけど、あきらめるんだな。この黒魔術からきみたちが逃げられる方法はない」

カオスは両手をあげ、呪文をとなえた。

「エロイムエッサイム、エロイムエッサイム。
地獄の業火よ、この世界に現れよ！」
次の瞬間——。

ボオオォ！

バスのまわりの地面に炎があがった。炎は一気に燃えあがり、壁のようにバスを覆う。

「**きゃあああ！**」

子どもたちが悲鳴をあげる。そんななか、カオスは子どもたちを見た。
「きみたちは、これからわたしのすることをマネしてはいけないよ。しかし、これはできないからね。それでは、ごきげんよう。ハーッハッハッハ！」
バスのドアを開き、カオスは外に出る。

「そんな！」

バスが炎に包まれ、車内はその熱で暑くなっていく。

健太は引率者のおじさんのもとへ駆け寄り、体を揺するが、まったく目を覚まさない。

小さな子どもたちが恐怖で泣きだす。

「どうすればいいの？？」

健太はぼうぜんとしてしまうのだった。

一方、真実たちは車を走っていた。

「もうすぐ、健太くんのいる場所だ！」

薄暗い森の中を走り続ける。やがて、森の中の開けた場所に出た。

「あっ！」

見ると、バスのまわりが炎に包まれていた。
「真実くん!」
千秋は、持っているスマホを真実に見せた。
そこには、カオスからメッセージが届いていて、「儀式が始まりましたよ」と書かれていた。
「儀式……。美希さん、スマホを!」
真実は美希からスマホを借りると、健太に電話をかけた。
つながったとたん、健太のあせる声が聞こえた。
「もしもし、真実くん、たいへんなんだ!」
「ああ、今バスのそばに着いたよ!」
健太は、カオスが先ほどやった出来事を真実に話した。
「カオスが、火の中を歩いていった?」
真実が健太の言った言葉を繰り返すと、美希が動揺する。

「火の中を歩くってどういうこと?」

大前先生も、あせりながら声をあげる。

「謎野くん、もうすぐ警察が来るはずだよ!」

森に到着する前、大前先生は警察に電話をしていた。

しかし、真実は首を横に振る。

「それでは間に合わない。警察が来るまで、まだ相当時間がかかる」

それまでに、バスは燃えてしまうだろう。

「ぜんぶ、わたしのせいだ……。わたしが健太くんたちを生贄にしようとしたせいで……」

千秋はその場に崩れ落ち、泣きだしてしまった。

「千秋ちゃん……」

美希はそんな千秋を心配し、そばに歩み寄る。

スマホから、健太の悲痛な声が響いた。

「真実くん、今すぐ助けるよ!」

「健太くん、どうすればいいの??」

真実はそう言いながら、バスを包む炎の壁を見つめる。

すると、健太が電話の向こうで声をあげた。

「カオスはバスから降りて、まっすぐ炎の中を歩いていったんだ。なぜか顔にも体にも炎は移らなかったよ。やっぱり黒魔術はほんとに存在したんだ！」

「顔にも体にも炎は移らなかった……」

真実はハッとすると、火のまわりを見た。

「あれは……」

真実は、炎が燃える地面の一部を食い入るように見つめる。バスのドアの前の地面に、鉄製のパイプが伸びていた。パイプには、小さな穴がいくつも開いている。

真実はあわててまわりの木々を見る。そして枝の上に、あるものが設置されていることに気づいた。

「炎の中を歩いても、カオスには炎が移らなかった。そして、バスから降りてまっすぐ歩いていった。ドアの前の地面に伸びている鉄製のパイプと、木の上に設置されているあるもの……。そうか、あの炎は炎のように見えているだけかもしれない。科学で解けないナゾはない！ 健太くん、みんな！ そこでじっとしているんだ！ 次の瞬間、真実は炎に向かって走りだした。真実は、枝の上に何を見つけたのだろうか？

カオスは、炎でないものを、枝の上のものを使ってオレンジ色の炎に見せかけていたんだ。

「**真実くん！**」

バスの中から健太は、炎に入ろうとする真実を見て声をあげる。
しかし、真実は一切止まることなく、炎の中へと飛び込んだ。

「そんな！」

健太はあわててバスのドアのほうへと走った。
すると炎の中から、真実が出てきた。

「**真実くん!!**」

真実はどこも燃えていない。やけどすら負っていなかった。

「どうして??」

「説明はあとだ。みんな、ぼくのうしろについてきて。バスを降りたらまっすぐ進むんだ。絶対にそれ以外のところは歩かないで。そうすれば、やけどを負うことなく、炎の中から脱

「出できる！」

真実はそう言って、眠っている引率のおじさんの腕を自分の肩にかけ、抱き起こした。

「健太くんも手伝って」

「え、あ、うん！」

健太も反対側からおじさんを支える。

真実はそのままバスの外に広がる炎の中に戻ろうとした。

しかし、それを見て子どもたちが震えた。

「わたし、そんなの無理だよ！」

「ぼくも！　怖いよ！」

みな、おびえている。炎の中に飛び込む勇気などなかったのだ。

「大丈夫だから！」

「だけど！」

みな、動こうとしない。それを見て真実はあせる。

すると、健太がみんなのほうを見た。

「みんな、行こう！
ぼくは真実くんを信じるよ！」

「健太くん……」

「どうして炎の中を歩いても平気なのかわからない。だけど、真実くんは何かトリックに気づいたんだ。だからみんな、安心して！」

健太は、真実を信頼していた。

「さあ、みんなついてきて！」

健太は真実に目で合図を送る。

真実はうなずくと、引率のおじさんを連れて、炎の中に飛び込んだ。

「あああ！」

薄暗い森の中、炎が赤く光っている。その炎の中を、真実と健太は苦しむことなく進んでいった。

「わ、わたしたちも行きましょ！」
「うん！」
真実たちの姿に奮起し、みな勇気を奮い立たせる。
いっせいに外へと飛び出すと、言われたとおり炎の中をまっすぐ進んだ。
「熱くない!?」
「どうして??」
炎に包まれているのに、まったく熱さを感じなかった。
やがて、全員が炎の外に出た。
「みんな、無事かい??」
大前先生が子どもたちのもとへ駆け寄る。
「だけど、どうなってるの??」
引率のおじさんを地面に寝かせる真実に、美希がたずねた。
「あれは、炎のように見えたけど、本物の炎じゃないんだ」
「え?」

真実は、バスのドア近くにある地面を指さした。

「あそこに鉄製のパイプがあるだろ。あのパイプの小さな穴から霧状になった水が出ているんだ」

「霧状の水？　だけど、見えているのは真っ赤な炎よ？」

「それは、あそこに設置されている、あるものが照らしていたからだよ」

真実はバスのそばにある木の上を指さす。

木の上に、オレンジ色のライトが設置されていた。

「霧状になった水にオレンジ色のライトを当てると、炎のように見えるんだ。テーマパークのアトラクションでも使われている方法だよ」

それを聞き、健太が声をあげた。

ニセの炎のトリック

パイプの小さな穴から霧状になった水が出ている

オレンジ色のライト

霧状になった水にオレンジ色の光が当たり
本物の炎のように見える

「そうだったんだ。じゃあ、この炎はぜんぶ偽物なんだね」

「いや、そうじゃない。パイプとライトがあるのは、バスのドアの正面だけ。あとは本物だよ。おそらくカオスは、隠し持っていた点火用のスイッチを押して、本物の炎と偽物の炎を生み出したんだ」

同時に炎が現れたため、健太たちにも本物と偽物の違いがまったくわからなかったのだ。

「カオスは炎でバスを囲み、きみたちに恐怖を与えようとした。それを千秋さんに見せて、苦悩する姿を見たかったんだろうね」

「ごめんなさい。みんな、ごめんなさい！」

千秋は泣きながら謝る。

しかし、誰も千秋を憎く思うものはいなかった。

「悪いのは、カオスだよ」

健太が千秋に言った。

「カオスは、人の心をあやつる。あやつるということは、人の気持ちがよくわかるってことでしょ。それをいいほうに使えば、たくさんの人を救うこともできるのに、どうしてひどい

「健太くん……」

健太の言葉に、美希や千秋たちもうなずいた。

やがて、大前先生が呼んだ警察のパトカーのサイレンが聞こえてきた。

生贄騒動は、なんとかひとりのけが人も出さずに解決することができた。

一方、その光景を少し離れた木の陰から見ている人物がいる。

カオスだ。カオスは、謎をみごとに解いた真実をじっと見つめていた。

「謎野真実くん……。『彼ら』の言ったとおりの人物のようだねえ」

カオスはそう言いながら、健太のほうに視線を移した。

「……それにしても、たくさんの人を救うことができる、か」

カオスはふと真顔に戻り、何かを思いながら去っていった。

翌日。真実たちは、千秋とともに病院の病室にいた。

千秋は、母親にすべてを話した。

「まさか、そんなことをしたなんて……」

ベッドの上にいる千秋の母親は話を聞き、戸惑っているようだ。

そんな母親に、美希が話しかけた。

「すべて、おばさんに元気になってもらおうと思ってやってしまったことなんです。その気持ちを、カオスにつけ込まれてしまって」

「そ、それは……」

母親は困惑しながらつぶやく。しかしすぐに、うつむく千秋を見つめてほほえんだ。

「千秋、心配かけてごめんね。お母さん、頑張るから。大丈夫。きっとよくなるからね!」

「**お母さん!**」

千秋は泣きながら母親に抱きつく。母親はそんな千秋をやさしく抱きしめた。

「よかった〜」
美希と健太はホッとする。
だが、真実はけわしい表情をしていた。
「今回は、健太くんもターゲットになった。科学を悪用し、みんなを不幸にするなんて……」
真実は、カオスのことを許せなく思っていた。
「真実くん……」
健太は、カオスをなんとかして止めることができればと思うのだった。

不死身の黒魔術師 3 - 賢者の石と20人の生贄

３

SCIENCE TRICK DATA FILE

科学トリック データファイル

遊園地でも使われるトリック

目の錯覚を利用しているんだね

霧状になった水に映し出された炎のように、目の錯覚を使ったトリックは遊園地のアトラクションや舞台の演出にも使われています。

例えばアメリカの科学者、アデルバート・エイムズ・ジュニアが生み出した「エイムズの部屋」は、同じ部屋の中にいる2人の大きさが極端に違っているように見えるしくみです（左上の図）。

ほかにも、暗い場所で動かないはずの石像や人形が表情を変えたり話したりするとき、プロジェクションマッピングという映像技術が使われているかもしれません（左下の図）。

巨人とこびとに見える仕掛け

①エイムズの部屋

のぞき穴から片目で見ると奥行きを感じないため、近くにいる人と遠くにいる人が、まるで隣にいるように見える。

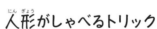

> 見る角度や
> 周囲の明るさなど
> 必要な条件が
> あるんだ

人形がしゃべるトリック

②動く顔

のっぺらぼうの人形に、顔のパーツが動いている映像を映すと、あたかも自ら動いているように見える。

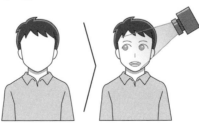

大パニック!

不死身の黒魔術師4

見えない巨大嵐

バスの事件から1か月が過ぎていた。

あれ以来、黒魔術師カオスが現れることはなく、花森町は平和だった。

真実たち3人がいつもの帰り道を歩いていると、ふいに美希がつぶやいた。

「カオスはもう悪だくみはやめたのかな？」

「きっと真実くんの名探偵ぶりに尻尾をまいて、引っ込んじゃったんだよ」

フンと鼻を鳴らして答える健太に、真実が冷静な声で続ける。

「どうかな。ぼくには彼がこのまま黙っているようには思えないんだ」

真実が見つめる空に、不気味な黒い雲が広がり始めていた。

ふたりと別れて、健太が家の近くの角を曲がったときだった。

「こんにちは。宮下健太くんだね？」

突然の声に健太が振り向くと、そこには汚れた作業服を着た男性が立っていた。

その男の顔を見て、健太はハッと息をのんだ。

「ああっ！ もしかして……黒魔術師カオス!?」

カオスはかすかにうなずくと、力なくほほえんだ。
「今日は健太くんにお願いがあって来たんだ。わたしの話を聞いてもらえないかな？」
1か月前とは別人のような、やさしい話し方だった。

健太とカオスは、近くの喫茶店で向かい合って座った。
「食べないのかい？」
カオスは健太にクリームソーダを頼んでくれたが、健太は手をつけずにいた。
「それより、話ってなんですか？」
「実は……このあいだ健太くんに言われた言葉が忘れられなくてね。ほら、わたしの力を使えばたくさんの人を救うことができるって言ってくれただろう？」
確かに、バス事件のとき、健太は千秋にそう言った。
「きみの言うとおりだ……。わたしは今までどうかしていた。自分の力を、自分のためだけに使えばいいと思っていたんだ。おろかだったよ……申し訳なかった」
そう言って、カオスは深々と頭を下げた。

188

「カオス……さん」
「もう遅いかもしれない。だが、これからは少しでもみんなの役に立ちたいんだ」
そう言うと、カオスはカバンから直径30センチほどの丸い鏡を取り出した。
「これは、わたしがヨーロッパの魔術商人から買った『予言の鏡』だよ」

予言の鏡……?

「古の時代から魔術師たちに受け継がれ、大きな災害を予言したこともあるという。実は、この鏡に恐ろしい未来が映ったんだ……」
「えっ!? いったいどんな!?」
カオスはうなずくと、鏡を持ち、呪文をとなえはじめた。

「エロイムエッサイム、エロイムエッサイム。我に未来を告げたまえ」

窓から入る太陽の光を反射し、キラリと鏡が光る。
次の瞬間……。

「あっ！　壁に文字が！」

鏡に反射した光が、文字となって壁に映し出されたのである。

【見エヌ　嵐ガ　世ヲ　ホロボス】

見エヌ　ガ
嵐ガ
世ヲ
ホロボス

「見エヌ嵐？　いったい、どういうことなの？」

健太が聞くとカオスはゆっくり首を左右に振った。

「わからない。しかし、この予言の鏡はウソはつかない。近い将来、町が滅びるほどの大きな災害が起きるはずだ」

「そんな……！」

息をのむ健太の顔を見つめ、カオスは言った。

「健太くん、信じてほしい。わたしはみんなを助けたいんだ。多くの人たちを救える。きみの助けが必要なんだ」

カオスの目は真剣だった。健太の心は揺れた。

（カオスさんの言ってることは本当かもしれない。でも……）

「……ごめんなさい。信じてあげたいけど、やっぱり……」

カオスは小さくため息をついたが、すぐにやさしくほほえんだ。

「いいんだ、きみの気持ちは当然だよ。これまでわたしはひどいことをしてきたからね。じゃあ、わたしはこれで」

そう言って席を立った瞬間、カオスの体がグラリと揺れ、そのまま床に倒れ込んだ。

「カオスさん、大丈夫!?」

健太があわてて駆け寄る。

「ああ……すまない。このところ毎日朝まで作業をしていてね」

「だいぶ疲れてるみたい……いったい何をしているの?」

「作っているんだ。多くの人たちを守る、あるものをね」

「多くの人たちを守る……」

健太はつぶやくと、カオスの腕を肩にかけ、支えながら一緒に立ちあがった。

「案内してください。そこまで送っていくよ」

●

1週間後。帰りの会が終わると、健太は教室を勢いよく飛び出した。

「健太くん! 3人で一緒に帰らない?」

廊下で美希が声をかけたときは、もう階段を駆け下り、姿は見えなくなっていた。遅れて教室から出てきた真実が美希に声をかける。

「最近ずっとこんなようすだよ」

「絶対何かあるはず。敏腕記者のわたしのカンが『怪しい』って言ってるわ」

「ぼくも気にはなっていたよ。行ってみるかい？　健太くんが向かった場所に」

「どこに行ったかわかるの？」

「ああ、見当はついてるよ。最近、健太くんの靴が汚れていてね。黒土、コンクリートの粉、それにクモの巣が靴ひもにからんでいたこともあった。黒土は花森町ではめずらしい。おそらく健太くんが向かったのは、町の西にある空き地のあたりだ」

真実と美希は、花森町の西にある大きな空き地にやってきた。

「確かに地面は黒土ね。あ！　あれを見て！」

美希の指さした先に大きな倉庫が立っていた。

「あれってたしか、何年も前に使われなくなった倉庫だよね」

「コンクリートの粉、クモの巣の糸とも条件が合う。行ってみよう」

真実は倉庫に近づくと、ためらうことなく扉を開けた。

中では、20人ほどの若者や大人たちが作業をしていた。

壁に板を打ちつけ補強している者。たくさんの荷物を運び込んでいる者。

みんなひたいに汗をかき、一生懸命に働いている。

その中に健太の姿もあった。汗だくで大きな段ボールの箱を抱えていた。

「健太くん!」

美希が駆け寄って声をかけると、健太はあわてた。
「ああっ！　美希ちゃん、真実くん！　どうしてここに!?」
「どうしてじゃないでしょ！　なんでわたしたちに内緒でこんなところにいるの？」
健太は困ってまわりを見渡した。そばにいた仲間たちも作業の手を休め、真実たちを見つめている。
やがて健太は、つぶやくように小声で話し始めた。
「……誰にも言わないほうがいいって言われたんだ。町の人に知られたらパ

ニックになるからって。それにきっと、話しても真実くんは信じてくれないだろうって」

「パニック？　真実くんは信じない？　いったい誰に言われたの？」

「カオスさんだよ。ぼくたちはカオスさんに頼まれて、この倉庫をたくさんの人たちが避難できるシェルターに作り変えてるんだ」

「カオスですって!?　あんなやつの言うことを聞くなんて、どういうつもり!?」

大きな声を出す美希に、健太も負けじと言い返す。

「心を入れ替えたんだよ！　みんなに悪いことをしたって。だから大きな災害から町の人たちを守りたいって！」

「大きな災害？　どういうことだい？」

真実が聞くと、健太は倉庫の壁を指さした。

「あれだよ」

机の上に置かれた「予言の鏡」に、ライトで光が当てられていた。鏡に反射した光が、壁に文字を映し出している。

【見エヌ　嵐ガ　世ヲ　ホロボス】

「この鏡が未来を予言すると、カオスはそう言ったのかい？」
真実は鏡を手に取ると、フタを開けるようにパカッと鏡を取りはずした。
「やっぱりだ」
鏡の裏側をみんなに見せると、健太が声をあげた。
「あっ！　鏡の裏に文字が！」
そこには【見エヌ　嵐ガ　世ヲ　ホロボス】という文字が彫られていたのだ。
「これは『魔鏡』といってね。鏡の裏に模様を彫ると、鏡の表側にもわずかに凹凸ができる。そこに光を当てると、光が凹凸に反射して壁に模様を映すんだよ」
「ほらね、またカオスにだまされてるのよ。しっかりしてよ健太くん！」
美希が心配そうに言うと、健太は顔をあげた。
まっすぐ、力強く美希と真実を見つめていた。
「それでも……カオスさんがみんなを助けたい気持ちは本当だよ。シェルターを作ればみん

魔鏡のしくみ

隠された裏側 — 映したい文字や絵が でっぱるように彫られている

表側 — 一見ふつうの鏡

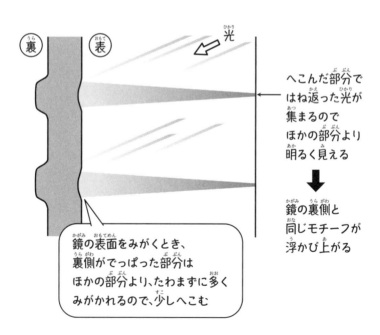

へこんだ部分ではね返った光が集まるのでほかの部分より明るく見える

↓

鏡の裏側と同じモチーフが浮かび上がる

鏡の表面をみがくとき、裏側がでっぱった部分はほかの部分より、たわまずに多くみがかれるので、少しへこむ

なの役に立つって、毎晩遅くまで重い荷物を運んでるんだ。ぼくはカオスさんを信じる。

ぼくたちは間違ったことはしてないよ！」

「健太くん……」

美希がまわりを見ると、いつの間にか倉庫内の仲間たちに囲まれていた。

「俺たちは人助けをしようとしてるだけだ！」

「じゃまをするなら帰ってくれ！」

彼らは怒りに満ちた目で真実たちをにらみつけている。

「美希さん、ここはいったん外へ出よう」

真実に促され、ふたりは倉庫の出口へと向かった。

健太はその背中を見つめていたが、仲間に肩をたたかれると作業へ戻った。

倉庫からの帰り道。真実と美希の足取りは重かった。

「カオスは本当に心を入れ替えたのかな……？」

美希はそうつぶやくと、足を止めた。

「ねえ、鏡の予言にあった『見エヌ嵐』って何のことだと思う?」

「ぼくも気になっていた。もしかしたら『磁気嵐』のことかもしれない」

「磁気嵐?」

「ああ、太陽の表面で起きる『太陽フレア』と呼ばれる爆発が原因で生じる現象だよ。爆発とともに宇宙に放出された強いエネルギーが地球に届いて、さまざまな障害を起こすんだ。まさに目に見えない嵐だよ」

真実の言葉に、美希は顔をくもらせた。

「予言では『世ヲホロボス』って……。その『磁気嵐』が起きるとどうなるの?」

真実は小さくうなずき、言葉を続けた。

「もしも、百年に一度起きるという巨大な『太陽フレア』が起きた場合……爆発から8分後、光の速さで強い電磁波が地球に届く。それによって、携帯電話や無線、テレビなどの通信、放送機器が使えなくなる。30分後には高エネルギーの粒子が届き、気象衛星や、GPS衛星などの人工衛星を故障させる。そしておよそ2日後、電気を帯びたガスが届き、各地に

大停電を引き起こす」

美希は息をのんだ。

「そんな……わたしたちの暮らしがメチャクチャになっちゃうのね」

ゴゴウと冷たい風がふたりのあいだを吹き抜ける。

「美希さん、調べたいことがあるんだ。新聞部の部室に寄ってもいいかい?」

新聞部のパソコン画面に「宇宙天気予報」と書かれたページが表示された。

「いったいなんなの? 宇宙にも天気予報があるの?」

爆発から8分後

太陽と地球との距離は、約1.5億キロメートル。光が1秒間に進む距離は約30万キロメートルなので、太陽から地球に光が届くのに、約8分かかる。

画面をのぞきこんだ美希がたずねる。

「ああ。大きな『太陽フレア』が起きる心配がないか、太陽の状態を観測して予報を出しているんだ」

そう言って真実は、「現在の太陽」と書かれた太陽の画像を指さした。

「ほら見て。太陽の中に『黒点』という黒い点がある。『太陽フレア』は『黒点』のまわりで発生することが多いんだ。だから『黒点』の数が増えたり大きくなっていたりしたら、危険な状態ってわけさ」

美希が目を細めて見ると、「黒点」は黒いアメーバのように、ドロリドロリと形を変えて動いていた。

「……まるで生きてるみたい。で、どう!? 今は大丈夫なの!?」

「大丈夫。『黒点』は小さいし、数も少ない。警戒レベルもいちばん低いよ」

画面には「太陽フレア」「警戒レベル1」と表示されていた。

「……よかった。今すぐに『磁気嵐』が起きる心配はなさそうね」

美希はホッとため息をついたが、真実は画面の黒点をじっと見つめていた。

黒点
太陽の表面にある、黒い点のように見える部分のこと。まわりより温度が低いため、黒く見えている。ほかの部分より、強い磁力を持つ。

そのころ……倉庫の窓の外は日が沈み、深い闇に包まれていた。
カオスはひたいの汗をタオルでぬぐうと、仲間たちに声をかけた。
「みんな、もうひといきだ。水と食料を運び込めば、今日の作業は終了だ」
「よーし！　あと少しがんばろう！」
健太は仲間たちと一緒に重たい段ボールを奥の部屋に運んだ。
みるみるうちに段ボールが積み上がっていく。
段ボールの山を見上げ、カオスは満足げにつぶやいた。
「これだけの水と食料があれば多くの人たちを救える。ああ、人の役に立つことをするのは、こんなにも心が晴れとするものだったのか……」
その声は涙で震えていた。その姿を見て健太は確信した。
（カオスさんはもう黒魔術師なんかじゃない……！）
うれしくて健太も涙があふれそうになった。

204

次の日の放課後。

いつものようにひとりで教室を飛び出していく健太。

その背中を見つめてため息をつく美希に、真実が声をかけた。

「気になることがあってね。理科室に行くけど一緒に来るかい?」

「気になることって?」

「太陽の『黒点』には活動のサイクルがあってね。およそ11年の周期で活動が弱まる時期と、活発になる時期を繰り返しているんだ。本来なら、今は活動が活発になる時期にある。『黒点』が大きかったり、たくさん見えたりするはずなんだ」

「じゃあ、ゆうべわたしたちが見た『宇宙天気予報』の画像は何かの間違いってこと?」

「そう思ってインターネットで調べてみたんだ。だけど、最近の太陽の画像は出てこなかった」

「えっ？　いったいどういうことなの？」

「太陽はいろんな人が観測している。天体ファンのような人もね。でも、彼らのサイトにつながらないんだ。いくら試しても、誰にもつながらない」

「そんなことがあるなんて……なんだか変ね」

「だから、自分の目で太陽を調べてみようと思ってね。学校の天体望遠鏡を貸してほしいって頼んだのさ」

理科室の扉を開けると、大前先生が電話をかけていた。

「そうですか……。はい、ええ、わかりました」

大前先生は電話を切ると「どうなってるんだ!?」と頭をかかえた。

「どうかしたんですか、先生」

「ああ、謎野。すまないが天体望遠鏡は貸し出せない。どこを探しても見つからないんだ」

「1週間前は確かにあったはずなのに……」

「なくなったんですか？」

「それだけじゃない。貸してもらおうと隣の小学校に電話したら、そこの天体望遠鏡もなく

206

なっていたんだ。うわさでは花森町のあちこちで同じことが起きているらしい」

「そんな……」

美希は驚いて真実を見た。真実は口元に手をあてて考えている。

「つながらない天体ファンのサイト……そして、消えた天体望遠鏡……まるで誰かが、太陽の姿を見せないようにしてるみたいだ」

「でも、『宇宙天気予報』の画像は見られたわ」

「だから気になるんだ。ネットで見られる画像は、本来の『黒点』のサイクルとは違うもの……。もしかしたら、データがすり替えられているのかもしれない」

真実の意外な言葉に、美希は息をのんだ。

「そんなこと、いったい誰が……。もしかしてカオス？　でもいくらカオスでも、山ほどのサイトをブロックしたり、町中の天体望遠鏡を盗むなんて、できるわけないわ」

真実は、眼鏡の奥で目を細めた。

「もしかしたらこの事件の裏では、もっと大きな何かが動いてるのかもしれない。とにかく一刻も早く、自分の目で太陽を調べないと」

そう言うと真実は身をひるがえし、理科室を飛び出していった。
「ちょっと待ってよ、真実くん!」
あわてて追いかける美希。真実に追いついたのは学校の中庭だった。
花壇の花が風に揺れ、池の水はキラキラと太陽の光を反射している。
「もしかして、ここで太陽を調べるつもり？　天体望遠鏡も何もないのにどうやって!?」
「大丈夫。これを使えば太陽を観察できるはずだよ」
そう言って真実が取り出したのは、1枚の白い紙だった。
太陽の光を浴びた木々の葉がザワザワと揺れた。

　　　　●

そのころ。
本棚に魔術書が並ぶ書斎で、カオスは何者かと電話をしていた。
「きみたちのおかげで計画は順調に進んでいるよ」

208

机の上のパソコンには「宇宙天気予報」のホームページが表示されている。

「人々がインターネットで見ているのは偽りの太陽の姿だ。きみたちが観測施設をハッキングしてデータを差し替えてくれたおかげだよ」

キーボードを操作するカオス。パソコンの画面が切り替わった。

「これが本当の今の太陽の姿……なんと美しい」

画面に映し出された太陽には、巨大な「黒点」がたくさん浮かびあがっていた。

「一部の天体観測者は、この事態に気づいているだろう。だが、世界中に仲間を持つきみたちが、彼らの声をもみ消してくれている」

カオスは目を細め、低い声で笑った。

「フフフ……人々は本当の太陽の姿も知らず、なんの準備もできないまま、突然『磁気嵐』に襲われるのだ。やがて彼らは、わたしが作ったシェルターに救いを求めて集まるだろう。そのときこそ、わたしの願いがかなうのだ！」

やがて、「黒点」のまわりで激しく光が点滅した。

巨大な炎が次々に噴き上がり始める。

「おお……予想どおり始まったようだ。なんと巨大な『太陽フレア』だ！」

カオスはうっとりして息を吐くと、腕時計に目をやった。

「太陽フレアが発生した8分後、地球に強い電磁波が押し寄せ、通信・放送機器が打撃を受ける。30分後には地球周辺に到達した高エネルギー粒子によって、人工衛星が故障。GPSが機能しなくなる。フフフ、最高のショーの始まりだ！」

書斎にカオスの笑い声が響く。腕時計の針は、午後3時ちょうどを指していた。

●

健太の家のリビングの時計は、3時10分を指している。

カバンに着替えをつめた健太は、急いで倉庫に向かおうとしていた。

「それじゃあ、行ってくるよ！」

そのときだった。母がワイドショーを見ていたテレビから、臨時ニュースを告げるチャイム音が流れた。

カメラが切り替わり、男性アナウンサーがあわてたようすで原稿を読みあげる。

「ただいま入ったニュースです。日本各地の空港で、飛行中の旅客機との無線が途絶えたもようです。管制塔は復旧を試みていますが、原因はわからず……」

次の瞬間、ザザザ……とテレビの画面が乱れて砂嵐に包まれた。

しかし、ザーーとノイズが流れるだけだった。

健太はリビングに置かれたラジオのスイッチを入れた。

「あら、どうしたのかしら？　健太、ラジオのスイッチを入れてくれる？」

「おかしいな、ラジオもつながらないよ」

「なんだか、いやな予感がするわ。お父さんに電話してみるわね」

健太の母はスマホを手にして、電話をかけた。

だが、何度かけても呼び出し音が鳴らない。

「どうなってるの!?　さっきからなんだかおかしいわ」

異変が起きている。

だが、それを知る手段も、外と連絡するすべも途絶えてしまった。

健太は不安に包まれた。

(もしかして、これがカオスさんが予言した『見エヌ嵐』？ だとしたら、早くシェルターに行かないと……!)

「ごめん母さん、だいじな用事があるんだ。ぼく行かなきゃ!」

健太は玄関を飛び出すと、大通りに向かって走りだした。

角を曲がった健太は目を疑った。

いつもはすいているバス通りが、大渋滞していたのだ。

「いったい何があったんですか!?」

健太は近くにいた中年の男性に声をかけた。

「この先の角で事故があったらしいよ。ほら、去年から運転を始めた自動運転のバスさ。突然道をそれて、壁に突っ込んだらしい。GPSで位置を測定しているから安全だって言われてたのになあ」

健太はとっさに目の前の中年男性をかばい、その上に覆いかぶさった。

ガシャーン！

頭上から勢いよく落ちてきたのは、カメラを積んだドローンだった。

「おい大丈夫か！」

近くの工事現場から、作業服を着た男たちがあわてて駆けつける。

「ドローンで建築現場の測量をしてたらいきなりコースをはずれて……！」

「おかしいな、GPSで飛行ルートをコントロールしているはずなのに」

「やっぱりたいへんなことが起きてるんだ。早くシェルターに行かないと……！」

健太は立ちあがると、人をかき分けながら進み始めた。

鳴り続けるクラクションの音や、車の衝突音があちこちで聞こえる。

混乱した人々の声も耳に飛び込んでくる。

「どうしたんだ!?　車のナビがぜんぜん違う場所を指してるぞ」

「スマホが誰にもつながらないわ！」

216

「ネットもSNSもダメだ！誰とも連絡が取れない！
何が起きているのかわからない。何も情報が手に入らない。
そのことが人々の不安を大きくしていく。
「どこかで核ミサイルが爆発した影響らしいぞ！」
「食料も水も買えなくなるぞ！」
やがて人々は我先にコンビニへなだれ込み、手当たり次第に品物を奪い始めた。
「そんな……こんなことになるなんて……！」
あまりの事態に、健太はぼうぜんと立ちつくした。
そのとき、「健太くん！」と呼ぶ声がした。
振り向くと、倉庫で働く仲間が運転するバイクが止まっていた。
「早くうしろに乗って！」
健太はヘルメットを受け取ると、後部シートに飛び乗った。
グオン！とうなりをあげてバイクが走りだす。
「カオスさんの言っていた嵐が始まったんだね！」

「きっとそうだ。町の人たちにシェルターに避難してもらうんだ」

健太は仲間のリュックから拡声器を取り出すと、必死に呼びかけた。

「みなさーん。
あわてずに町の西にあるシェルターに避難してくださーい！
温かい毛布に水と食料もありまーす！」

混乱する町中をバイクで走りながら、健太は声をからして叫び続けた。

健太たちが倉庫に戻ったのは、日が暮れたころだった。

シェルターの中は避難してきた人たちでいっぱいだった。

あわてて逃げてきた人、疲れ果てている人……健太は声をかけて回った。

「ここにいれば大丈夫ですよ。安心してください」

健太は体の奥から力がわいてくるのを感じていた。

（カオスさんは正しかったんだ！このシェルターでみんなを守るんだ！）

不死身の黒魔術師 4 - 大パニック！ 見えない巨大嵐

「食料庫を開けて、みんなに水と食べ物を配ろう」

仲間の指示で、健太たちは食料庫の扉を開けた。

「ああっ！ これは!?」

扉の向こうの光景に健太は声をあげた。

山ほど積み上げた段ボールは姿を消し、わずかしか残っていなかったのだ。

「たくさん運び込んだはずなのに！ いったいどうして!?」

がくぜんとする健太たちの背後で、人々がざわめき始める。

「早く食べ物をちょうだい」

「水が欲しい……水をくれ……」

次の瞬間、倉庫に大きな音が響いた。

ガーーン！ ガガーーン！

驚く人々。やがて、入り口の扉を調べた人たちが声をあげる。

「入り口が開かない！」

「外からロックされてる！　閉じ込められたぞ！」

人々はたちまちパニックになり、叫び声があちこちからあがった。

次の瞬間、壁に取り付けられたスピーカーから声が響いた。

「健太くん……そしてわたしの仲間たち。町の人たちをわたしの実験室に連れてきてくれてありがとう」

それはカオスの声だった。

健太はハッとして叫んだ。

「カオスさん!?　実験室ってどういうこと!?」

「今から実験を始めるのさ。実験の内容は、『人は自分が生きのびるためならどれほど邪悪になれるか』

どうかな？　とても興味深いだろう」

健太は眉をひそめた。カオスが何を言っているのかわからなかった。

カオスはさらに言葉を続けた。

「みなさん、よく聞いてほしい。
その場所には、毛布も水も食料もあとわずかしかない。
わたしは、生きたいと強く願う者に救いの手を差しのべる。
つまり早い者勝ちだ。

さあどうする？」

「そんな!? まさか、水や食料を減らしたのはカオスさんなの!?」
健太は声を震わせた。その背後で、人々は顔を見合わせた。
やがて、あちこちからどなり声があがりはじめた。

「水はどこだーっ!!」
「食べ物を寄こせーっ!!」

人々はまるで洪水のように食料庫へと押し寄せた。

わずかな水と食料を守ろうとする健太たちは人々に囲まれ、もみくちゃにされた。

「やめてっ!! みんな落ち着いて!!」

だが人々は我先に水と食料を奪い合い、パニックになっていく。

「寄こせ——っ!!」

「これはオレのもんだ——っ!!」

「やめて! やめて——っ!!」

健太は必死に叫ぶが、人々は止まらなかった。

「フハハ! 叫べ! 奪い合え! 醜い姿をさらけだすがいい!」

人間の真の姿を暴くことこそわたしの願い、そして極上の喜びなのだ!」

カオスは高らかに笑い声をあげた。

「カオスさん……!
これがあなたのやりたかったことなの!? 心を入れ替えたんじゃなかったの!? 信じてたのに……!」

必死に叫ぶ健太のほおをポロポロと涙が伝った……そのとき。

バターン!!

倉庫の扉が開き、こうこうとライトの光が差し込んだ。

光の中にふたりのシルエットが浮かび上がる。

「みなさーん！　争う必要はありませんよー。水も食料も毛布も、たーっぷり持ってきましたからね！　外のようすも見てください。さっきまでの混乱も収まりはじめてまーす！」

人々が外へ出てみると……。

物資を積んだトラックが倉庫の外に並んでいた。

町を見渡すと、警官や町の人たちが協力して交通整理をしているのが見えた。

コンビニの前では、道行く人たちに非常食や水が配られている。

案内役の人が拡声器で町の人々に呼びかける声が聞こえた。

「心配ありません。これは磁気嵐という現象です。放送機器や通信機器が正常に働かないことがありますが、じきに直ります。落ち着いて行動してください」

倉庫の中に残った真実と美希は健太に駆け寄った。

「健太くん、大丈夫!?」

「美希ちゃん、真実くん、ありがとう……！」

「磁気嵐が始まる少し前に、学校の中庭で太陽を観察したんだ。ぼくが見た太陽には大きな

黒点があった。それでカオスのたくらみに気づいてね、すぐに役所や、警察、通信会社に連絡して、磁気嵐の対策をお願いしたんだよ」

スピーカーからカオスの声が響く。

「おのれ真実！ おまえを警戒し、この町の学校や施設にある天体望遠鏡はすべて盗み出していたはずなのに……！」

すると真実はポケットから白い紙を取り出した。

「天体望遠鏡がなくても、この紙に、あるものを映せば太陽を観察することができる。晴れた日に現れる、とても身近なものさ」

太陽を観察するために、真実が白い紙に映したものとは？

1・花壇の花の影
2・池の反射光
3・木漏れ日

「ぼくが中庭で白い紙に映したのは……『木漏れ日』さ」

真実の言葉に、健太は目をパチクリさせた。

「木漏れ日⁉ それで太陽のようすがわかるの⁉」

待ってましたとばかりに、美希が1枚の写真を取り出す。

「ジャーン！　わたしが撮った証拠写真！　よーく見て！」

健太が見ると、それは地面に置いた紙に映る木漏れ日を撮った写真だった。

地面に落ちた光のひとつひとつが、きれいな丸い形をしている。

「木漏れ日が太陽みたいに丸い……あっ！」

健太は思わず声をあげた。

丸い光の中に、黒いシミのような影がいくつか浮かんでいるのが見えたのだ。

「もしかして、これが太陽の黒点……!?」

驚いて顔をあげる健太に、真実はうなずいた。

「そう。小さな穴を通った光は、壁や地面に像を映し出す。木漏れ日もそれと一緒なんだ。葉っぱと葉っぱの小さなすきまを通った太陽の光は、空に浮かぶ太陽と同じ姿を地面に映し出すんだ。ピンホールカメラと同じ原理さ」

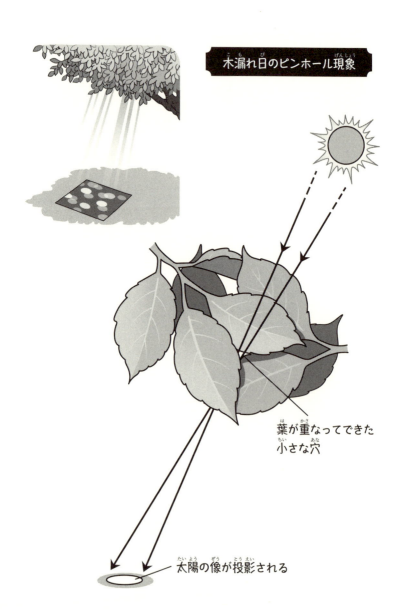

真実の説明に健太がハッとする。

「ピンホールカメラ、前に聞いたことがある。小さな穴から光を通して、像を映すんだよね」

「そのとおりさ。だから日食で太陽が欠ければ、地面に映る光も欠けた形になる。太陽に巨大な黒点が現れれば、地面に映る光の中にも黒い影が見えることがあるんだ」

「そんな方法で黒点を見つけたなんて、さすが真実くん！」

健太が声をあげると、スピーカーから、くやしがるカオスの声が響いた。

ピンホールカメラ
小さな穴を通った光によって、レンズもないのにまるでカメラのように像を映し出すことができるしくみ。くわしくは、『科学探偵怪奇事件ファイル 襲来！宇宙人の謎』を見よう。

「くそう……だが、わたしがいる場所はわからないだろう。わたしを捕らえない限り、黒魔術の恐怖は終わらないぞ!」

しかし、真実は落ち着いた声で答えた。

「どうかな。あなたにはもう逃げ場はない」

「なにっ!? いったいどういう意味だ!?」

「あなたのたくらみに気づいたとき、こう推理したんだ。用心深いあなたは、きっと別の場所からシェルターに連絡してくるはずだと。しかし、磁気嵐の中では携帯電話やコードレス電話など、電波に頼る電話は使えない。だとしたら磁気嵐の影響を受けない、コードでつながった『有線』の電話を使うはずだとね。その推理は当たっていたよ」

「ま、まさか……!」

「刑事さんに頼んだんだ。シェルターに避難する人たちにまぎれて、倉庫の中を調べてほしいとね。そして見つかったよ。今、あなたの声が聞こえるスピーカーは、『有線』の古い黒電話につながっている」

「どういうこと？　電話が『有線』だとどうなるの？」
　首をかしげる健太に、真実が言葉を続ける。
「逆探知ができるのさ。逆探知をすれば、電話をかけている相手の居場所がわかる。黒魔術師カオス……あなたの声がスピーカーから聞こえているあいだに、刑事さんに逆探知してもらったよ。あなたがいる場所は、今ごろ警察に囲まれているはずさ」

「なんだとっ！」

「**おのれ真実！　わたしは必ず戻ってくるからな！**」

　次の瞬間、スピーカーから、激しくドアをたたく音が聞こえた。
「警察だ！　この建物は包囲されている！　おとなしくドアを開けろ！」

　シェルターを震わすような叫び声を最後に、音声はプツリと切れた。

かくしてカオスは逮捕された。

磁気嵐の発生から2日後。大きな停電が発生したが、電力会社の懸命な作業のおかげで、数時間で元に戻った。

さらに、テレビが映りにくく携帯電話がつながりにくい状況が2週間ほど続いた。被害は世界中で発生したが、花森町の人々はもうパニックにはならなかった。真実の提案で、各家庭のポストにチラシが配られていたのだ。

そこには、磁気嵐が発生したあとには何が起きるかが丁寧に書かれていた。

3人で歩くいつもの帰り道。健太がつぶやく。

「少しくらい不便でも、何が起きるかわかっていれば安心だね」

「反対に、何が起きるかわからないって怖いものね……カオスはその心理を利用して、みんなをパニックに追い込んだのね。黒魔術師……恐ろしい相手だったわ」

美希が言うと、真実は足を止めて夕日を見つめた。

「カオスのように力を悪用する者もいたかもしれない。けれどぼくはこう思うんだ。『魔術師』たちのおかげで『科学』が生まれたってね」

意外な言葉に、健太は美希と顔を見合わせた。

「どういうこと?」

「はるか昔、『魔術師』たちは薬草を煎じ、金属から金を作り出そうとした。彼らがやっていたことは、まさに『科学』だったんだ。『魔術師』たちの努力のおかげで、人々の暮らしは豊かに、便利になったんだ」

「そっか。それじゃあ、真実くんの先祖も魔術師だったかもしれないね」

健太がイタズラっぽく言うと真実はほほえんだ。そのとき……。

「健太くん!」

その声に振り向くと、倉庫の仲間たちが手を振っていた。

「みんな! 元気にしてた?」

「ああ、あれからみんなで話し合ったんだ」

「人の役に立ちたい思いは間違ってない。これからも別のことで頑張ろうってね」

仲間たちの言葉に、健太は「うんうん」とうなずいた。
「そうだね！ぼくも頑張るよ！」
健太が笑顔を見せた瞬間、仲間のひとりのスマホが鳴った。
電話に出ると、眉をひそめて真実に目をやった。
「誰だかわからないけど、きみに代わってほしいって」
スマホをあてた真実の耳に、聞き覚えのある声が響く。
「フッフッフ……黒魔術師カオスを倒すとはな。やはりキミは、たいしたやつだ」

「**おまえは……！**」
真実の顔色が変わった。

4

SCIENCE TRICK DATA FILE

科学トリック データファイル

磁気嵐について学ぼう

生活にいろいろな影響が出るんだ！

太陽の表面で爆発が起きることで、宇宙に噴き出された放射線や電気を帯びた小さな物質が地球まで届き、地球の磁気を乱すことを磁気嵐と呼びます。

アメリカのある機関によると、電気や電波が使えなくなってしまい、最大で1兆〜2兆ドル

地球のバリアを通り抜ける

地球は磁場を持っているため、太陽から噴き出す有害物質から守られている。磁気嵐はそれを通り抜けてしまう。

（約143兆〜286兆円）の損失が出ると試算されています。実際に、2022年にアメリカの企業が打ち上げた人工衛星が40基以上も落ちたのは、磁気嵐が原因だったことがわかりました。

太陽の活動を予測する研究によると、2025年には大規模な磁気嵐が起きるといわれ、その被害を減らすための話し合いが日本でも行われています。

電気が止まったり電波が乱れたりするんだ

どんな被害が出るの？

停電したり、ドローンや衛星が落ちたり、テレビやラジオ、電話、ネットが止まったりすることがある。

「……そうか、そういうことだったのか」

スマホを耳に当てながら、真実はつぶやく。

「真実くん、どうしたの?」

健太がたずねると、真実は真剣な表情で答えた。

「カオスには協力者がいた。そしてその協力者こそ、飯島善だ」

「ええ??」

電話の向こうにいるのは、飯島善だった。

彼は、真実がかつて通っていたエリート探偵育成学校・ホームズ学園の元学園長で、この学園の裏の顔「デビルホームズ」のリーダーである。

デビルホームズは、科学を使ってナゾや怪奇現象をつくりだし、世界中に送り込んでいる。

「真実は、そんなデビルホームズと今まで何度も対決をしてきた。

「そっか、デビルホームズが協力していたから、カオスは脱獄できたのね」

美希の言葉に真実はうなずく。

不死身の黒魔術師・エピローグ

カオスが刑務所から脱獄するときに使った紫外線を出す装置やチューブを用意したのは、おそらくデビルホームズなのだろう。

「真実くん、カオスを脱獄させたのは、キミと勝負をさせたいと思ったからだよ」

電話の向こうで、飯島善が言う。

「勝負？」

「カオスにキミの話をしたら興味を持ってくれてねぇ。思惑どおり動いてくれたよ」

「どうしてわざわざそんなことを？」

「決まっているだろう。キミがカオスに勝てるかどうかチェックするためだよ。キミはわたしの思ったとおり、あの黒魔術師に勝つことができた。まさに、デビルホームズにふさわしい人材だ」

「**ふざけるな！　ぼくはデビルホームズになど入らない**」

それを聞き、飯島善はフッと笑った。

243

「そう言うと思っていたよ。だからキミをスカウトするのは、もうやめることにした。キミはデビルホームズにとってじゃまな存在だ。『計画』を成功させるためにも、キミには近々科学探偵を引退してもらうよ」

「科学探偵を……引退？」

「再会するのが楽しみだよ。科学探偵・謎野真実くん——」

電話がプツリと切れる。

「真実くん、大丈夫??」

健太たちが心配そうな表情で声をかける。

「ぼくは、科学を悪用するデビルホームズを許すことはできない……」

真実はこぶしを強く握りしめる。

244

「**だからこそ、ぼくは何が起きようと、絶対に科学探偵を引退するつもりなどない!**」

真実はまっすぐ前を見て、そう宣言するのだった。

See you in the next mystery!

不死身の黒魔術師 - エピローグ

著者紹介

佐東みどり
脚本家・作家。アニメ「サザエさん」「ハローキティとあそぼう！まなぼう！」などを担当。小説に「恐怖コレクター」シリーズ、「謎新聞ミライタイムズ」シリーズなどがある。
（執筆：プロローグ、3章、エピローグ）

石川北二
監督・脚本家。脚本家として、映画「憐寸少女 マッチショウジョ」などを担当。監督としての代表作に、映画「ラブ★コン」などがある。
（執筆：4章）

木滝りま
脚本家・作家。脚本家として、ドラマ「正直不動産2」、「カナカナ」など。小説に「セカイの千怪奇」シリーズ、『大バトル！きょうりゅうキッズ きょうふの大王をたおせ！』などがある。
（執筆：2章）

田中智章
監督・脚本家・作家。脚本家として、アニメ「ドラえもん」、映画「シャンダールの花」などを担当。監督として、映画「花になる」などがある。「全員ウソつき」シリーズ、「天空ノ幻獣園」シリーズ執筆。
（執筆：1章）

挿画

kotona
イラストレーター。児童書や書籍の挿絵のほか、キャラクターデザインなどで活躍中。
HP：marble-d.com
（マーブルデザインラボ）

科学探偵
謎野真実シリーズ

科学探偵vs.
幽霊船の海賊

カリブ海の島に、突然現れた古い海賊船。
伝説の海賊「黒ひげ」の亡霊と、
失われた財宝を狙う影が、次々と襲う。
謎野真実は、古い地図の謎を解き、
絶体絶命のピンチを乗り越えられるのか。
そして、財宝はいったい誰の手に!?

おたより、
イラスト、
大募集中!

公式サイトも
見てね!

監修	金子丈夫（筑波大学附属中学校元副校長）
編集デスク	野村美絵
編集	河西久実、金城珠代
校閲	宅美公美子、野口高峰（朝日新聞総合サービス）
本文図版	渡辺みやこ
コラム図版	笠原ひろひと
写真	iStock
キャラクター原案	木々
カバーデザイン／本文フォーマット	辻中浩一
レイアウト	ウフ

おもな参考文献、ウェブサイト
『新編 新しい理科』3～6（東京書籍）／『週刊かがくる 改訂版』1～50号（朝日新聞出版）／『週刊かがくるプラス 改訂版』1～50号（朝日新聞出版）／『未来へひろがるサイエンス1』（新興出版社啓林館）／「宇宙天気予報」ウェブサイト／姫路科学館ウェブサイト

科学探偵 謎野真実シリーズ
科学探偵 vs. 不死身の黒魔術師

2024年2月28日 第1刷発行
2025年3月10日 第2刷発行

著者	作：佐東みどり　石川北二　木滝りま　田中智章　　絵：kotona
発行者	片桐圭子
発行所	朝日新聞出版
	〒104-8011
	東京都中央区築地5-3-2
	編集　生活・文化編集部
	電話　03-5541-8833（編集）
	03-5540-7793（販売）

印刷所・製本所　大日本印刷株式会社
ISBN978-4-02-332320-9
定価はカバーに表示してあります

落丁・乱丁の場合は弊社業務部（03-5540-7800）へ
ご連絡ください。送料弊社負担にてお取り替えいたします。

ⓒ 2024 Midori Sato, Kitaji Ishikawa, Rima Kitaki, Tomofumi Tanaka ／ kotona,
Asahi Shimbun Publications Inc.
Published in Japan by Asahi Shimbun Publications Inc.

君の推理力と思考力に挑戦!

日常に刺激を与えるノベルシリーズ ナゾノベル

算数・数学で謎を解く
5人のベストセラー作家が描く
珠玉のミステリー

『数は無限の名探偵』

思考実験が現実になった!?
頭脳フル回転の知能バトル

『悪魔の思考ゲーム1
　入れ替わったお母さん』

『悪魔の思考ゲーム2
　恐怖のハッピーメーカー』

著 はやみねかおる、青柳碧人、
井上真偽、向井湘吾、加藤元浩

著 大塩哲史　絵 朝日川日和

そのほか好評既刊

★ちょっと怖い不思議の世界へ

『オカルト研究会と呪われた家』
　著 緑川聖司　絵 水奥ゆい

『怪ぬしさま　夜遊び同盟と怪異の町』
　著 地図十行路　絵 ニナハチ

★スリル満点の和風ファンタジーバトル

『鬼切の子1　異界から来た少年』
　著 三國月々子　絵 おく

『鬼切の子2　異界に隠された少女』

©佐藤おどり